O AMOR VEM DEPOIS

UMA HISTÓRIA SOBRE O FIM

1ª reimpressão

O AMOR VEM DEPOIS

UMA HISTÓRIA SOBRE O FIM

BRUNO FONTES
ZACK MAGIEZI

Planeta

Copyright © Bruno Fontes, 2021
Copyright © Zack Magiezi, 2021
Copyright © Editora Planeta do Brasil, 2021
Todos os direitos reservados.

Preparação: Franciane Batagin
Revisão: Elisa Martins e Laura Vecchioli
Projeto gráfico e diagramação: Natalia Perrella
Ilustrações: Zack Magiezi
Foto dos autores: Alberto Prado
Capa: Gabriela Gennari / Tereza Bettinardi

Dados Internacionais de Catalogação na Publicação (CIP)
Angélica Ilacqua CRB-8/7057

Fontes, Bruno
 O amor vem depois: uma história sobre o fim / Bruno Fontes, Zack Magiezi. -- São Paulo: Planeta, 2021.
 160 p.

 ISBN 978-65-5535-526-0

 1. Ficção brasileira I. Título II. Magiezi, Zack

                               CDD B869.3
21-3709

Índice para catálogo sistemático:
1. Ficção brasileira

Ao escolher este livro, você está apoiando o manejo responsável das florestas do mundo.

2022
Todos os direitos desta edição reservados à
Editora Planeta do Brasil Ltda.
Rua Bela Cintra 986, 4º andar – Consolação
São Paulo – SP CEP 01415-002
www.planetadelivros.com.br
faleconosco@editoraplaneta.com.br

Este livro é dedicado aos que perderam um grande amor.

Não, não, melhor: este livro é dedicado aos que encontraram um grande amor.

Calma, vamos chegar lá: este livro é dedicado aos de coração inquieto, que conhecem o amor na sua forma compartilhada ou solitária - mesmo ninguém os alertando de que o amor também é isso.

Apresentação

As histórias sobre o término do amor parecem conversar entre si, no entanto carregam dores específicas, de situações diferentes, em momentos que não se igualam porque a força do fim é distinta para cada um. É disso que trata o livro de Bruno Fontes e Zack Magiezi, *O amor vem depois*. O enredo narra a vida de Pedro e Rita, um casal que se vê sem perspectiva já no presente; e, por essa razão, opta pela ruptura, cisão, pelo abrupto corte no cordão umbilical a que estamos ligados quando vemos no outro uma possibilidade de caminho.

O que me chamou atenção no livro é a deliciosa maneira que os autores têm de descrever cenas do cotidiano com poesia e certa sofreguidão. Há, em suas palavras, a delicadeza de quem observa a vida, mas não só isso: o texto absorve os ambientes, apropria-se do espírito da cidade para ambientar o leitor na história, para enredá-lo no mundo dos personagens.

Ambientes que, por sinal, são determinantes para contar a história de como ficam as pessoas repartidas pelo fim que é apenas recomeço; recaminhos que se mostram e evidenciam no cotidiano da cidade (no caso, São Paulo); ruas, festas e apartamentos que, por si só, incendeiam e formam os dois amantes, amados, rumo a novas escolhas e momentos.

Pedro ficou pelo caminho, tentando entender por qual razão Rita decidiu partir. Ela, por sua vez, parece seguir firme, forte e determinada em sua decisão. Ao passo que a trama se desenvolve, fiquei fisgado pelo momento em que ele, em uma viagem de volta à casa de sua mãe, revela a dor de ter sido deixado para trás. Com toda a sabedoria que lhe é conferida como matriarca, ela responde, numa conversa emocionante, que "tanto a felicidade do filho quanto a de Rita independem uma da outra", dando uma aula de como é possível seguir em frente, encontrar novos ares e pessoas, ser reenergizado pela ideia de encontrar algo, alguém.

O amor vem depois também é um livro cheio de referências. A crônica "O amor acaba", de Paulo Mendes Campos, é lida por Pedro em um momento de profunda tristeza e solidão. Outra autora que aparece na história é a poeta Ryane Leão, uma das escritoras favoritas de Rita, que, acidentalmente, esquece uma caixa de livros no apartamento em que moravam juntos. Trata-se do livro *Tudo nela brilha e queima*, uma ótima alusão à personagem e à maneira com a qual Pedro vinha lidando com a partida da amada.

Por fim, muitas coisas são deixadas em lugares em que costumávamos construir histórias e elaborar o amor. Físicas e emocionais, materiais ou sentimentais, tentando seguir ou apenas tentando ver uma luz no fim do túnel. Este livro é uma síntese de como devemos viver a vida apesar dos términos e das asperezas às quais estamos sujeitos quando decidimos amar alguém. Ou quando, em um ato de coragem, decidimos que já é hora de esvaziar o corpo cheio de dor e ir, novamente, ao encontro do amor – ou, melhor ainda, ao encontro de nós mesmos.

Igor Pires
Autor da série Textos cruéis demais

dia 1	**12**
dia 2	**20**
dia 3	**32**
dia 4	**50**
dia 5	**68**
dia 6	**92**
dia 7	**116**
dia 8	**136**

dia 1

sinto falta
de certos abraços
como se fossem cidades.

Sábado

— Como tu consegues beber isso? — perguntou a moça que estava no banco ao lado.

Pedro ergueu as sobrancelhas e permaneceu com o olhar à frente, contemplando os copos enfileirados e brilhantes enquanto carregava uma pequena expectativa de que a vizinha desistisse do contato. A voz que ele escutou, recheada de sotaque, e a mão dedilhando o topo de um coquetel no balcão eram suficientes para mantê-lo em postura defensiva, apesar da inevitável curiosidade, atributo que descobriria no futuro ser culpa da posição da Lua no dia do seu nascimento. Ela repetiu a pergunta, dessa vez tentando ultrapassar o volume de uma espécie de jazz que saía das caixas de som de um lugar que era moderno por parecer velho, descrito em alguma revista como: *vintage, drinques ótimos, quatro estrelas*. Pedro daria no máximo duas. Talvez, se alguém escutasse com atenção, notaria que era a mesma música tocando em looping a noite toda, camuflando-se nas conversas, nas risadas, no bater dos copos.

— Não sei o que estou bebendo — respondeu Pedro, sem fazer qualquer menção de virar o rosto na direção dela. Apenas levantou o copo, observou o líquido e virou um pequeno e lento gole, fingindo que, naquela altura da vida, estava pronto para beber qualquer coisa. — Quem escolheu a bebida foi o amigo que me trouxe aqui. Mas, logo em seguida, sumiu, como sempre faz — explicou, virando o rosto e deixando escapar um olhar em direção à moça antes de pedir licença e sair em busca de quem o abandonara.

Fugia do que poderia ser uma agradável conversa, ou noite, ou até mesmo uma nova história, como se naquela voz morasse algum tipo de perigo. Não era medo, porém, o que ele carregava, ele apenas não se importava. Eram tempos de fuga.

Pedro subiu uma estreita escada em busca de Fernando, que àquela hora já devia estar falando alto, torto, e ter feito um milhão de novos amigos. No segundo andar, encontrou-o sentado em um sofá rasgado, gesticulando histórias inventadas para um casal. Ao notar a presença de

Pedro na ponta da escada, Fernando foi ao seu encontro, abraçou o seu pescoço e o arrastou até o bar, ignorando as pessoas que acabara de conhecer.

— Achei que você tinha se dado bem com a portuguesa, ela te deu bola desde que chegamos — disse Fernando, enquanto recebia mais uma bebida do garçom, em um tom de voz que se mostrava bêbado ou feliz, tanto fazia, para ele as duas coisas se equivaliam.

Fernando costumava encontrar flerte em tudo, até em uma acidental troca de olhares, e distribuía conselhos de conquista que, aparentemente, não funcionavam nem com ele. Não era um rapaz feio, tampouco bonito. Também não era alto ou baixo, gordo ou magro, inteligente ou burro. Era medíocre em quase tudo. De vez em quando, surgia com uma namorada que resumia o encanto por ele dizendo: "É engraçado esse jeito dele". E, apesar da calvície precipitada, era alguns meses mais novo do que Pedro, o suficiente para se permitir ser mais irresponsável. Era um desses amigos que a vida entrega sem dar chances de recusa, quase uma adoção forçada. Quando notamos, estamos jurando fidelidade, carregando no ombro e escutando declarações de amor desnecessárias ao pé do ouvido.

Pedro contornou o corpo de Fernando com o braço e pediu ao barman um copo de plástico, pois era hora de irem embora. Fernando despediu-se dos funcionários do local de forma acalorada e acelerou o passo para alcançar o parceiro, que caminhava na frente, como se fosse dono daquelas ruas.

★★★

Já era fim de madrugada em Lisboa, e poucos turistas e amantes da noite ainda se aventuravam fora dos bares. Na Pink Street, o barulho cafona da diversão escapava cada vez que alguma porta era aberta, revelando grupos cambaleantes que desfrutavam de uma felicidade genuína. As gargalhadas e as bobagens ditas aos gritos soavam com uma honestidade reconhecida somente em crianças. Todos estavam felizes e bêbados, tentando reencontrar-se com a infância.

Os dois amigos andavam em direção ao rio Tejo, ritual criado durante a viagem e parada obrigatória quando estavam a caminho do hostel. Decidiram, em comum acordo, que deveriam despedir-se do local, pois na manhã seguinte embarcariam para São Paulo.

Chegando ao cais, passaram por tugas e brasileiros, que conversavam como se estivessem na cozinha de suas casas, bebendo vinhos bons e baratos, comprados de indianos que fechavam as portas nos horários que bem entendiam. Não estava barulhento; o ruído do rio misturava-se à conversa dos jovens, e poderia até ser chamado de silêncio, pois era aquela a quietude da cidade. O vento frio, no período que antecipava o inverno, trazia com ele o desejo pelo fogo. Fernando ficou em pé na mureta e ofereceu um trago para Pedro, que, sentado, encarava a ponte 25 de Abril, ignorando a cor do céu que deslizava do preto para o azul.

Pedro aceitou o cigarro e tossiu duas vezes antes de dizer:

— Obrigado, cara.

Durante a viagem compartilharam longos momentos de silêncio, durante os quais Fernando respeitava a confusa liberdade de Pedro, que carregava dúvidas pesadas, diluídas nos momentos de felicidade. Fernando estava pronto a todo momento – com dois copos cheios nas mãos, pois, dessa forma, não era preciso lembrar que havia uma vida para cuidar do outro lado do oceano. Talvez ali, no Cais do Sodré, diante de um rio sem barcos, assistidos pela luz da lua, aquele fosse o único momento em que tocaram no delicado assunto.

— Você já decidiu o que vai fazer? — perguntou Fernando, sentando-se ao lado do amigo.

— Enquanto o dia não amanhecer, não tenho nada para decidir.

dia 2

o passado
permanece
completo
enquanto
o presente
se quebra.

Domingo

— A viagem foi demais! Me liga, hein?! Quinta-feira tem festa. Se cuida! — despediu-se Fernando, enquanto Pedro retirava as malas do carro.

Pedro ainda dava risadas quando o táxi, que primeiro o deixara, sumiu dobrando a esquina. Já imaginava Fernando contando as histórias da viagem de uma forma muito mais divertida do que realmente havia sido e, com o tempo, ele mesmo confirmando como tendo ocorrido daquela maneira.

Estava feliz por chegar em São Paulo, apesar de sentir um início de falta de Lisboa. Em Lisboa sentia falta de São Paulo. Nada novo: planejava viagens em casa e, uma vez longe, sonhava com a comodidade do lar; vivenciava uma vontade contínua de estar em um lugar em que seu corpo não estivesse presente. Mas, agora, tinha os pés firmes no edifício Alcântara Machado, na rua Cunha Gago, 198, decorado com pichações no topo e espremido entre duas torres maiores.

Uma senhora, com as mãos ocupadas por sacolas verdes e brancas, empurrava o pesado portão do prédio com as costas e com o quadril, tentando sair. Ela já havia feito boa parte do serviço quando ele segurou o portão com as pontas dos dedos, e talvez por esse motivo não tenha existido nenhum gesto de agradecimento. Pedro aproveitou para entrar e estranhou a ausência dos cumprimentos do zelador, que ficava sentado em uma mesa a poucos metros da entrada, com cadernos de controle, uma pequena tevê e algumas canetas sem tampa. O fuso horário não lhe permitiu assimilar que era tarde de domingo e que, àquela hora, o zelador estaria em frente a uma tevê do tamanho merecido, deliciando-se da companhia da família. O corredor, recém-reformado, contrastava com o elevador, que acompanhava a geração da fachada externa do prédio. Ele apertou o amarelado botão três e ignorou o ranger das engrenagens. Durante a subida, analisou os cabelos e a barba, maiores do que de costume, e piscou para o homem do espelho, satisfeito com o resultado de duas semanas longe dos barbeiros.

Em pé, diante da porta, acompanhado de uma enorme mala de rodinhas no chão e uma mochila com a alça apenas no ombro esquerdo, ele segurava uma única chave na mão. Nela estava amarrada uma fita verde desfiada, com os dizeres gastos: LEMBRANÇA DO SENHOR DO BONFIM DA BAHIA. Para ele, a lembrança era outra. Encaixou a chave e deu um suspiro. Entrou e tirou o tênis com os pés, fazendo força com as pontas sobre os calcanhares. Ignorou a cozinha à esquerda da entrada e arrastou a mala pelo chão de madeira do pequeno corredor até chegar à sala. Lá, notou o vazio deixado pela tela de quarenta e duas polegadas e surpreendeu-se em sentir falta de algo que pouco utilizava. O sofá de couro estava no mesmo lugar, centralizado, mas, olhando, estranhou a falta das almofadas.

— Cadê as almofadas? — perguntou-se, em seguida dando um aparente sorriso, que não mostrava os dentes e soltava um ruído pelo nariz.

Ao lado do sofá, uma caixa de papelão aguardava para ser lacrada. Ele retirou de cima da caixa o esqueleto de uma fita adesiva e levantou uma aba de cada vez, deparando-se com uma porção de livros encaixados de maneira aleatória. Retirou uma edição de bolso que indicava com letras garrafais brancas: *Morangos mofados*. Abriu o livro ao meio como quem quebra um biscoito da sorte. Na página cinquenta e um, uma linha que já fora brilhante grifava:

> [...] uma ferida antiga mede-se mais exatamente pela dor que provocou, e para sempre se perdeu no momento em que cessou de doer, embora lateje louca nos dias de chuva.[1]

Sorriu, novamente soltando um ruído com o nariz, o que parecia ser uma forma insegura de achar graça, e devolveu o livro para a caixa. Em seguida, abriu as cortinas das enormes janelas que ocupavam boa parte da parede, comum nos prédios antigos da região, transformando a sala em uma grande varanda. O apartamento brilhava e cheirava artificialmente à lavanda. Ele nem sequer havia cheirado uma lavanda na vida, mas conhecia o aroma deixado no espaço após as visitas da dona Lúcia. Quando notou os três pregos nus na parede – sem os quadros que eram sempre elogiados, apesar de incompreendidos –, uma estranheza salpicou a pele. Coçou o peito e a cabeça.

A mala ficou pelo caminho, mas a mochila ainda o acompanhava, ajeitada a todo momento com leves movimentos do ombro.

Antes de chegar ao quarto, parou no banheiro para disfarçar a ansiedade que o preenchia passo a passo. Empurrou a porta semiaberta e encontrou um lugar sem

---

[1] ABREU, C. F. *Morangos mofados*. São Paulo: Saraiva de Bolso, 2013.

cor, aparentando ter recebido uma mão de tinta clara: sem as cores das escovas de dente e de cabelo, sem os cremes, xampus, condicionadores e sem as toalhas azul e verde. Dentro do suporte de acrílico na pia havia um solitário aparelho de barbear cinza; era um deserto branco e cintilante. Deu descarga e olhou novamente para o espelho, mas, desta vez, não gostou tanto da imagem refletida como minutos antes. Quanto mais se aprofundava no apartamento, menos era o homem decidido dos dias anteriores; a confiança foi se desfazendo pelos cômodos, como se acordasse de um sonho atrasado para o compromisso com a realidade.

No quarto, encontrou a cama geometricamente arrumada. O edredom era enfeitado por uma delicada manga, formada por um lençol dobrado como um origami na parte de cima. Havia apenas um travesseiro, no lado direito, estufado como se fosse novo. Sentou-se na ponta da cama, abriu a mochila e retirou um embrulho metálico, que não escondia o formato de uma garrafa. Soltou o corpo para trás, no colchão duro, e deixou o presente ao seu lado. O branco do teto e o silêncio dos cômodos combinavam com o vazio que o visitou naquele instante.

Da cozinha, um barulho de xícara acordou todos os fantasmas da casa. Mesmo que pudesse ser qualquer outra louça, deu para sentir o peso da xícara tocando o chão e quebrando-se em poucas partes. Com certo esforço, ele poderia, inclusive, acertar qual fora a peça vitimada pela queda. Levantou-se em um salto e seguiu de meias até a cozinha. Pensou em gritar um nome durante o caminho, mas não gritou. Primeiro olhou para os cacos no chão próximos à mesa de madeira, depois para o gato que contornava as suas pernas formando um oito e, por último, para o papel preso à base da fruteira.

— Hilda! — disse ele, inclinando-se para tocar o animal, que correu para a sala.

O carinho inicial fora somente um pedido de desculpas pela xícara; rapidamente voltou a ser a gata de sempre, que gostava de tocar nas pessoas, mas jamais se deixava tocar.

Ele coletou os cacos e os soltou dentro da fruteira vazia. Puxou a cadeira, levou a mão esquerda ao queixo e enfrentou com cautela o papel em cima da mesa, que estava preenchido frente e verso, de ponta a ponta, com letras miúdas e de simetria perfeita. A caligrafia marcava a semelhança de uma renda azul na folha branca.

Escrevo esta carta enquanto imagino você chegando em casa, com a sua mala horrorosa e algum presente na mochila, preparado para me receber nos braços ou para termos a conversa que adiamos por duas semanas. Ou, pior, para ter uma resposta.

Você tem uma resposta?

Eu não tenho, e, mais uma vez, te abraçaria sem conseguir dizer nada, somente aceitando o que você diria, que seria algo feito com um gosto de esperança e de mudança, como sempre é.

Não consegui te esperar, precisava ser de outra maneira desta vez. Preciso fazer isso sem te encarar, e talvez você chame essa atitude de covardia, mas não me importo. Sei que você não vai entender e, mesmo assim, vai respeitar a minha decisão.

Esse mesmo amor que nos permitiu compartilhar tantos momentos incríveis agora tem também nos impedido de nos afastar. Temos que aceitar que o nosso sentimento se transformou em outra coisa. É um amor diferente.

Por favor, peço que não venha atrás de mim, pois estou decidida. E tô bem, de verdade. Sei que você vai ficar preocupado me imaginando deprê por aí, mas eu tô feliz, e talvez por isso tenha conseguido ir embora.

Deixei a casa organizada e acho que levei todas as minhas coisas. Estou temporariamente numa amiga, só não consegui trazer a Hilda, pois no prédio dela não aceitam animais. A dona Lúcia estava dando água e comida pra ela enquanto você não chegava. Cuida dela com carinho, vou buscá--la assim que eu me ajeitar.

Fica bem. Desculpa. Rita

Ele juntou as duas mãos na boca como se orasse e encostou a testa na mensagem. Sentiu uma presença no corredor e virou a cabeça, mantendo-a colada ao papel. Hilda o observava, com meio corpo aparente, espiando como parecia ter sido solicitada a fazer, para cuidar e não deixar que qualquer besteira pudesse ser feita.

— Ei, garota. Vai ficar tudo bem. — A gata esfregou o rosto no batente da porta e rapidamente sumiu. Ele achou graça daquele instante de surrealidade e repetiu para si: — Vai ficar tudo bem.

dia 3

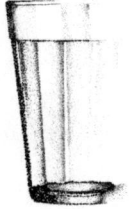

afogar
a rotina
nas ausências.

Segunda-feira

Pedro acordou ao menos quatro vezes antes de conseguir se levantar. O primeiro miado de Hilda o alertou que era ele o responsável por alimentá-la, então acompanhou a gata aos dois potinhos de metal, dispostos lado a lado na área de serviço. O regador verde, sobre a pia, o lembrou de que as plantas também eram filhas de um pai solteiro; molhou uma por uma. Entregou uma atenção extra para a samambaia, ao acariciar os longos ramos que escorriam quase chegando ao chão, cobrindo completamente o vaso – uma versão em miniatura de uma selva flutuante. Quando a planta foi trazida ao apartamento, sujara a sala, atrasando-o para seus compromissos. Lembrava-se do fato como uma história engraçada, mas, na época, houve uma discussão infantil com Rita.

Sem notar, ele agora filtrava os momentos cinza e os colocava em um passado utópico. Talvez por isso carregasse uma nostalgia maior do que os ombros suportavam.

Após o cuidado com as plantas, ocupou lentamente a casa. Colocou a escova de dentes no banheiro, deixou a toalha sobre o boxe depois do banho e preencheu as gavetas e os cabides do armário. Retirou o presente do embrulho e o guardou na cozinha: uma garrafa de uísque, com cara e preço de *dutyfree*. Arrastou a mala grande para debaixo da cama e levou a mochila para a sala. Retirou dela o notebook para mandar um e-mail que passara a madrugada escrevendo e reescrevendo mentalmente, preocupado em ser carinhoso (mas não muito), compreensivo (mas não muito) e chateado (mas não tanto).

De: <pedropedro1989@gmail.com>
Para: <ritarts@gmail.com>
Assunto: Ei...
Out 29 2018 11:07 AM

Ei. Desculpa te escrever, sei que você pediu para não te procurar, mas eu não poderia deixar a sua carta sem uma resposta, ela ficaria viva dentro de mim. O e-mail foi a forma mais segura e distante que encontrei para dizer que te entendo. Claro, preferia que fosse de outra forma e acredito que ainda possa ser, mas espero, de todo o meu coração, que você esteja bem. Por aqui, farei de tudo para me sentir melhor. Durante a viagem, um sonho me avisou que você havia ido embora. Uma sombra me invadiu e sumiu com a mesma velocidade. Pode ser estranho vindo de mim, mas, como você acredita nessas coisas, achei melhor compartilhar. Confesso que é difícil entender, já que foi você quem insistiu para eu viajar sozinho. Não iríamos fazer isso juntos quando eu voltasse? Não era um tempo para ficarmos longe e refletirmos? Enfim... Talvez não exista um jeito certo de colocar fim nisso. Afinal, não posso contrariar a sua felicidade. É isso que buscamos, não é? Então vou tentar ser feliz e quem sabe no futuro a gente se encontre só para dizer que tá tudo bem, que foi legal e que deseja sorte.

Não sabia se terminava com um abraço ou um beijo, com um se cuida ou um adeus e, antes de decidir-se, clicou em enviar. Releu de imediato, tentando imaginar como ela se sentiria lendo cada palavra. Havia ensaiado algumas boas frases na noite anterior, mas não se lembrou de nenhuma enquanto escrevia. Resmungou que deveria ter dito mais ou dito de outra maneira. Releu mais quatro vezes antes de fechar o computador em seu colo. Em seguida, abriu e releu uma última vez.

✷ ✷ ✷

Pedro avistou as mesas e cadeiras que ocupavam de maneira desordenada a frente do bar. Entre a rua e a calçada dividiam-se prováveis publicitários, bancários, estudantes e pessoas que ainda não trabalhavam ou estudavam, apenas acompanhavam o comportamento de uma cidade que sugere encontros em uma segunda-feira. Um homem de roupa social segurava uma garrafa enquanto conversava com um casal que vestia roupas de verão, como se a praia fosse logo ali. Carregando um saco de lixo nas costas, um rapaz estendia a mão em direção às pessoas. Mulheres destacavam-se na mesa repleta de garrafas e pratos com ossos, alfaces e limões. Bolsas espalhavam-se penduradas nas cadeiras e copos brindavam entre um gole e outro. Fabi e Fernando, os amigos inseparáveis de Pedro, estavam logo adiante, na mesa que fora ocupada por eles em sua primeira vez naquele bar, havia muito tempo.

• • •

Sete anos antes, Pedro marcara o seu aniversário em um bar no Largo da Batata. Ao chegar, encontrou Fernando na parte de fora, indicando que estava lotado. Optaram por aguardar no boteco do outro lado da rua, daqueles que servem café e almoço pela manhã e se transformam após o pôr do sol. Foram recebidos por Chico, um jovem garçom de fala mansa, barba feita e cabelos brilhantes colados à cabeça, que tudo sabia sobre a cidade, cerveja e mulheres. Os copos eram preenchidos antes de ficarem vazios. As mesas de madeira eram abertas conforme novos grupos chegavam, e rodadas de tequila duvidosa surgiam aleatoriamente no local em que o fundo musical era predominantemente tomado por pagode e sertanejo.

Todos cantavam felizes as suas desilusões.

No dia seguinte, entre comprimidos e refrigerantes, o boteco seria responsabilizado pelo sucesso da noite. Chico, que não era o dono do lugar, mas sim uma figura significativa daquela história, não conseguiu fugir ao batismo. A partir daquele momento, o bar herdaria para sempre o nome do simpático garçom, seja lá o que a vida reservasse para ele.

•••

Sem a preocupação de cumprimentá-los, pois o encontro era tão comum quanto despertar para ir ao trabalho, Pedro ajeitou-se na cadeira. Não manifestava carinho, mas o sentimento estava lá, e o fato de não precisar prová-lo era a sua própria confirmação.

Fernando contava para Fabi as histórias mais absurdas, quando foram interrompidos:

— Rita foi embora. — O silêncio deixado sobre a mesa, após a fala de Pedro, fez o bairro inteiro emudecer e prestar atenção. — Rita foi embora — repetiu.

Nada disseram, apenas aguardaram palavras que fizessem algum sentido. Foi como se não lembrassem quem era Rita e quem era Pedro. Ele continuou:

— Cheguei no apartamento e tinha uma carta. A Hilda e uma carta. O pior é que eu sabia — contou com os braços cruzados sobre a mesa. — Em uma noite, em Portugal, sonhei que ela fechava a porta e saía do apartamento. Lembro que um vazio me invadiu. Ao ler a carta... foi exatamente o mesmo sentimento.

— Sinceramente, achei que vocês tinham se separado quando você viajou — disse Fabi, que segurava o copo apenas com os dedos.

Fabi tinha o cabelo curto e vestia-se insuportavelmente bem, com roupas que ficariam esquisitas em uma pessoa comum, mas que nela ficavam tão harmoniosas quanto um algarismo japonês. Pedro a considerava a mais bem-sucedida da mesa, fosse com amor, trabalho ou dinheiro. Considerava-a também a que mais sofria por amor, trabalho e dinheiro. Talvez por isso bebesse muito melhor do que os dois.

— Não, nada disso. A ideia era a gente não se falar durante a viagem e, na volta, decidir o futuro, se a gente devia ou não terminar. No embarque, no aeroporto... sério, o Fernando viu. Ela me abraçou durante uns dez minutos e até disse que me amava.

— Talvez ela já estivesse se despedindo — disse Fabi enquanto Fernando gesticulava como se tivesse dito a mesma coisa em outro momento, talvez até com as mesmas palavras. — E você se decidiu durante a viagem?

— Sobre o quê?

— Se deveriam continuar ou terminar.

Antes que desse tempo de responder, Chico surgiu fazendo uma tímida festa, cumprimentando o velho cliente. O garçom trouxe uma cerveja e um copo americano, serviu-o e passou a dizer coisas que, mal sabia, não deveriam ser ditas:

— Rita passou aqui esses dias com uma amiga loira e muito bonita. Ritinha bebeu um monte, chorou um monte e deu risada um monte. Não entendi é nada.

Chico tinha um sotaque que aparentava ser de um estado longínquo, apesar de ter nascido e crescido na Zona Leste de São Paulo. Era considerado parte da turma tanto quanto eles, pois estava presente em todos os encontros das segundas-feiras – na "missa", como costumavam chamar. Estava também em aniversários, despedidas de solteiro, jogos de futebol e qualquer outra comemoração que a vida lhes permitisse. Foi sob os olhos dele, no bar, que aconteceu o encontro entre Rita e Pedro, havia exatos dois anos, seis meses e quinze dias.

•••

Catorze de abril de 2016. Aniversário de Fabi. Uma amiga de uma amiga dela. "Artista. Pintora, eu acho", disse Fabi. "Será que está solteira?" "Não sei, pergunta você." E Pedro perguntou. Ligou no dia seguinte. E jantaram. Depois vieram beijos, viagens e medos compartilhados. Apaixonaram-se. Ele dizia que acontecera desde o início, ela dizia que demorara um pouco. Em Salvador: "Eu te amo". Em São Paulo: "Vem morar comigo". E a resposta: "Vou". Foram felizes. Muito. E brigaram. Brigaram em diversos momentos. Ela se lembrava de todos; ele, de alguns. No último encontro, antes do embarque, disseram mais uma vez: "Eu te amo".

•••

Chico seguiu com a máquina de cartão para a mesa das mulheres, em que contas eram somadas e divididas.

Com Pedro deixou, além da cerveja, uma porção de dúvidas.

Por que Rita chorava se disse que estava feliz?

E, até onde Pedro se lembrava, eles eram felizes, apesar das brigas e de serem o antônimo um do outro. Ele era economista e do signo de Touro. Ela era artista plástica e de Peixes. Acreditavam que a conexão entre eles se dava exatamente pelas diferenças; se completavam. Não houve uma grande briga, uma traição ou uma palavra dura. O responsável pelo término era o dia a dia, as pequenas coisas. Bobagens que pingavam do teto e que o balde até dava conta de segurar, em certa medida. Porém, ninguém notou o balde cheio, e a água escorreu sem pressa.

— E o amor, para onde foi? — perguntou Pedro.

— Para lugar nenhum — responderam os amigos.

E é difícil exatamente por ser desta maneira: não dar certo *apesar* do amor.

Fernando ergueu o copo no centro da mesa e os amigos brindaram. Pedro celebrava o medo; Fernando, a solteirice do amigo; e Fabi, os amores que não dão certo.

★★★

Cacá e Marina passaram no bar enquanto passeavam com Toni, o cachorro, mas ficaram poucos minutos. Marla apareceu, falou freneticamente sobre a festa que daria na quinta-feira e, como de costume, sumiu com Fernando. Na rua sobraram Pedro, Fabi e Chico, que servira a última cerveja e agora dobrava as mesas e cadeiras restantes da calçada.

— Pê, você tá bem?

Fabi levou a garrafa até o copo dele, que balançou o dedo negativamente pela segunda vez na noite. Ele sempre parava de beber antes de todos. "Alguém tem que cuidar de vocês", dizia. Fabi encheu o próprio copo, acendeu um cigarro e disse:

— Eu entendo a Rita. Acho que a atitude dela diz muito sobre o amor. Às vezes, a gente vive infeliz, com medo de fazer mal para alguém. Não existe nada pior no mundo do que ver quem a gente ama chorando. Principalmente quando somos responsáveis pelas lágrimas. — Fabi virou o rosto para o lado, assoprou a fumaça e concluiu: — Ela foi muito corajosa.

— Sei lá, me sinto abandonado. Ela tava feliz e caiu fora? E eu, como fico?

— Ela não vai resolver suas paradas se as dela não estiverem resolvidas. Com certeza ela fez isso pensando que era melhor pra vocês dois. Não podemos ser responsáveis pelo sentimento de todo mundo. E isso não tem nada a ver com egoísmo. É triste dizer isso, mas não é obrigação dela seguir do seu lado para todo o sempre.

— Eu ainda tinha tanta coisa pra dizer... É tão difícil não ter uma última palavra. Um último beijo. Um último abraço.

— Você teve. E sempre tem. Mas a gente nunca sabe a hora que acontece.

Portas de aço eram desenroladas nos bares pelo quarteirão, indicando o fim da noite. Uma ambulância atravessou a avenida em silêncio. O mendigo dormia. Pedro distraiu-se com ele. Sentiu dó, notou que o homem talvez tivesse a sua idade. Ainda assim, nada fez.

— Na carta, ela disse que o sentimento se transformou, que era um amor diferente. Foi uma sensação tão ruim ler essas palavras juntas. Amor-diferente.

— Amor diferente?

— É, ela usou esse termo. Como se o nosso amor tivesse se transformado em outra coisa.

— Pê, desencana de entender o amor e deixa o universo te ajudar um pouquinho. O Fernando contou que, em Lisboa, teve um bando de mulher te dando mole. Vai atrás das suas aventuras. Ela já deve estar vivendo as dela.

— Você acha que ela tá com outra pessoa?

— Sei lá, não é essa a questão.

— Não era, mas agora é.

A leveza proporcionada pela amizade e pelas cervejas permitia a eles fazer graça sobre a tristeza. A gargalhada de Fabi não encontrava fim. Brindaram com os copos vazios e levantaram-se para ir embora. Chico juntou-se a eles, já em trajes "civis". Acompanharam Fabi até a avenida, onde ela embarcou em um carro de aplicativo. Chico apontou para o lugar em que tomaria o último ônibus da noite. Pedro não saberia dizer a idade do garçom, mas, mesmo assim, o abraçou como faria ao despedir-se de um antigo amigo da escola.

— Você tá bem, meu parceiro? — perguntou Chico, com uma honestidade que avermelhava os olhos. — Eu não sei nada sobre os problemas de vocês, mas sei que a Rita gosta de você. Essas coisas a gente não tem como esconder. Dá pra perceber no jeito que fala o nome, a pessoa diminui a velocidade pra dizer. E o seu nome ela fala bem devagarinho. E ainda solta um suspiro. Eu não me engano pra essas coisas.

— É amor, Chico. Mas é um amor diferente.

Balançaram a cabeça como se concordassem em discordar. O garçom acelerou o passo, iniciou uma corrida e fez sinal para o ônibus, que desacelerou, cansado e vazio.

★★★

Em um só gole, Pedro virou toda a água que suportou, depois abriu um pacote de bolachas e foi para a sala. Encontrou Hilda sentada sobre a caixa de livros, como uma guardiã, olhando com o rosto levemente inclinado, num desentender taciturno. Pedro esticou os braços, movendo-os em direção à gata, que saltou no instante em que seria tocada, e ele desabou no sofá em seguida.

— Não quer saber se eu tô bem? — perguntou para a gata.

Sentado, enquanto mastigava, colocou a mão dentro da caixa de livros e pescou aleatoriamente um exemplar de capa branca. No centro estava escrito "José Luís Peixoto" em caixa-alta, preto e envernizado. Logo abaixo, o título, *Gaveta de papéis*, em vermelho. Entre as páginas, diversos marcadores coloridos. Escolheu e abriu em uma página marcada por uma tira cor-de-rosa.

Na página cinquenta e seis, sete linhas em destaque:

> E o amor transformou-se noutra coisa com o mesmo nome. Era disto que falavam as mães quando davam conselhos às filhas e diziam: o amor vem depois. Era isto o depois. Uma ternura simples, quase dolorosa, muitos silêncios, todas as horas do dia e um poema

que se dissolve dentro de mim e que, devagar, sem rosto, desaparece.[2]

Ele afastou as costas do sofá e inclinou-se para a frente. Segurou firme o livro e o leu novamente, agora em voz alta.

Teve vontade de fugir para a rua. Depois teve vontade de escrever outro e-mail.

Desistiu.

Deitou-se com a cabeça em um dos braços do sofá e as pernas atravessadas para o lado oposto. O livro no peito. "E o amor transformou-se noutra coisa com o mesmo nome", na sua cabeça.

Talvez tivesse sido melhor se Fabi respondesse, naquela festa em 2016: "Sim, ela namora". Dessa forma, não existiria Rita. E, não existindo Rita, não existiria a falta dela. O amor, distraído, aconteceu em um movimento da sombra: em uma pergunta certa, em uma resposta errada. Pedro apaixonou-se por puro descuido. Ninguém o avisou de que o amor também era isso.

Hilda, sem pedir licença, pulou sobre a barriga dele. O susto o fez paralisar. Ela se ajeitou cuidadosamente ali, enquanto ele notava uma pequena pinta preta, solitária

---

[2] PEIXOTO, J. L. *Gaveta de papéis*. Lisboa: Quetzal Editores, 2011.

naquele corpo branco. Tudo nela o acalmava: os olhos cerrados, os espasmos das orelhas, o ronronar. Os dois respiravam no mesmo ritmo. Difícil saber quem adormeceu primeiro.

dia 4

filtro de barro
casa de mãe
um lugar sem tempo.

Terça-feira

Era uma casa grande, em um bairro burguês, no interior de São Paulo. A fachada era de tijolos à mostra, e a garagem aparentava guardar ao menos dois carros. A porta de entrada era escondida entre as tantas árvores da rua. O vento batendo nos galhos combinava com o cheiro de grama molhada. Cachorros conversavam a distância de dentro de seus jardins. Às vezes, um carro passava e buzinava para Pedro, que aguardava com a inseparável mochila nas costas.

Nenhuma resposta veio do interfone, mas um estalo indicou que o portão fora aberto.

Pedro foi recebido como um ídolo por Afonso, que misturava entusiasmadas lambidas, saltos e mergulhos.

A mãe, do outro lado da sala, acompanhava a cena com as mãos no queixo apoiando a felicidade. Antes do abraço, segurou-o pelos ombros para examiná-lo. Ela disse que a barba combinava com o seu rosto, em um tom de desconfiança; afinal, vindo de Pedro, as mudanças nunca eram meramente estéticas. Ele devolvia a contemplação espantado com a juventude da mãe, ignorada pelo desgaste do tempo.

No passado, apresentou para ela um estudo que encontrou na internet sobre o lento processo de envelhecimento da pele preta. Nele estavam detalhadas as quantidades de melanina e colágeno, além de outros argumentos científicos. Entre tantos números e análises profundas, apenas uma informação ficara guardada: "A pele preta possui grandes heranças genéticas". A mãe ouvira orgulhosa a frase e, mesmo sem entender exatamente o que aquilo significava, passou os dedos no próprio rosto e completou: "Isso aqui é muito amor e vinho".

O tom de pele dele era mais claro que o dela, também mais claro que o do pai e dos irmãos. A mãe justificava dizendo que o bisavô dele descendia de indígenas, por isso aquela cor âmbar e "esses teus olhos levemente puxados". Quando a mãe contava a história, ele buscava no espelho os traços. Não os encontrava, mas aceitava. A explicação dela era ilustrada por uma foto em preto e branco com as beiradas amareladas. Mostrava e afirmava, convicta: "Olha, não disse?". Ele continuava sem notar a semelhança, mas a sensação de ancestralidade enchia o seu corpo de um orgulho esquecido. Aquele homem rural – entre tantos outros na imagem, com as suas histórias, paixões, filhos e bisnetos que, agora, tentavam se reconhecer em uma foto antiga – era uma parte dele.

Ele era esperado com uma mesa posta na cozinha, as louças combinando e o cheiro de um café recém-passado. A luz natural, proveniente da porta de vidro que dava acesso ao jardim, pintava o ambiente com o início do entardecer. Sobre a mesa havia um bolo pela metade, uma cesta com três pães franceses, um pequeno bloco de manteiga, uma garrafa térmica e uma jarra de suco de laranja ou tangerina. As conversas da família costumavam acontecer naquela mesa, e a grandeza do que era servido era equivalente ao que seria dito. Muitos conflitos foram resolvidos acompanhados de um bolo saindo do forno.

A mãe contou que o aguardava para o almoço e que não havia nada para lancharem; segundo ela, se virou com o que tinha. Ele explicou que, na noite anterior, ficou na rua até tarde com os amigos e que não conseguiu acordar cedo. Ela iniciou o seu desabafo usual sobre a docência da faculdade e, após alguns minutos reclamando, quis saber como havia sido a viagem dele à Europa. Pedro contou detalhes sobre as aventuras vividas com Fernando, apontando que o amigo sempre bebia demais e restava a ele cuidar do parceiro, dar risadas e registrar o momento. Aproveitou o assunto para retirar da mochila uma lembrança. Era uma gravura feita por um artista de rua: um peixe – provavelmente uma sardinha – tocando fado em traços levemente pincelados.

— Amei — disse a mãe, vidrada na imagem, segurando-a com as duas mãos.

Na próxima visita, Pedro sabia que o presente estaria emoldurado e pendurado em algum lugar de destaque da casa. Um presente, uma boa notícia ou uma visita. Para tudo a mãe dizia "amei". E amava, como o poeta ama as coisas desimportantes. Mas não fugia dos assuntos não amáveis, sendo conselheira de filhos e netos, seja qual fosse a aflição. Repetia o papel de professora desempenhado por toda uma vida. Ouvia, perguntava, ensinava.

— E a Rita?

— Não quer saber como eu estou primeiro? — brincou Pedro. — Não sei. O último contato com ela foi a carta de que te falei no telefone.

— Hum. E você, está bem?

Para qualquer pessoa do planeta, Pedro diria que estava tudo bem, pois é assim que ele responde na rua, no trabalho ou aos vizinhos. Naturalmente reage de maneira positiva – cada um que carregue os seus demônios. Se o mundo dos homens fosse medido pelas respostas, poderíamos concluir: estão todos bem. Porém, mãe é ser celestial, bruxa, telepática. Mentir para a mãe seria ter que, depois, justificar a mentira. O sentimento que ele carregava ainda não possuía um nome.

Quando não estamos felizes nem tristes, o que estamos?

— Você sabe que eu sempre quis me casar, ter filhos, envelhecer com alguém, mas parece que a Rita levou tudo isso com ela. Fiquei também sem os sonhos.

A mãe mudou a posição dos braços, cortou um pão e encheu a xícara de café, mas não o interrompeu. Diante da ligação dele para contar a história e dizer que faria uma visita, ela não ficou surpresa com a decisão de Rita e, antes de pensar no filho, pensou na garota. Pedro continuou:

— Sempre tive medo de ver a Rita triste por minha causa. Eu morria de medo. Mas agora... — Desviou o olhar para a geladeira, como se fugisse do próprio pensamento.

A geladeira moderna era ocupada por diversos ímãs na porta. Alguns eram lembranças de viagens e, outros, convites de aniversário dos seus sobrinhos. Havia também ímãs com números de telefone de pizzarias e vendedores de botijão de gás.

— Agora o medo é que ela esteja feliz sem você — completou a mãe, sorrindo com apenas um canto da boca.

Ela não tinha medo de machucá-lo com o que dizia, palavras não precisavam ser medidas; eram, além de mãe e filho, grandes amigos. A diferença de idade era pouca: ele tinha vinte e nove anos e ela, quarenta e nove. Gerações vizinhas, que podiam conversar sobre questões da vida como se comentassem sobre um disco, um filme ou uma receita de torta.

— Acertei?

Pedro continuava focado na geladeira, lutando para manter as bochechas secas. Ele não queria que a mãe estivesse certa, sentia-se egoísta. Desejar a infelicidade de Rita? *Nunca*, ele pensou.

— Filho, pode ser que vocês voltem a namorar e até se casem. Pode ser que você encontre outra pessoa. Ou que ela se case com outra pessoa e você fique solteiro por muitos anos. E sabe o que está em todas essas possibilidades? A ideia de felicidade.

A mãe falava como se abrisse um baú com moedas de ouro; a luz, aos poucos, clareava o ambiente, refletida nos talheres e nos pratos que descansavam no escorredor. Ela seguiu abrindo o tesouro:

— Sabemos quanto foram difíceis os últimos dias do seu pai. A doença nos fez sofrer mais do que a morte em si, e nem isso nos tirou a chance de voltarmos a ser felizes no futuro. Antes de tudo, é preciso separar "Rita" e "felicidade", pois nem a felicidade dela nem a sua dependem uma da outra. Esse entendimento é essencial para ser livre. Aliás, penso que ser livre é mais importante do que ser feliz. Ou são maneiras diferentes de dizer a mesma coisa.

Pedro assentia quieto, a face carregada de dúvidas, ainda encarando a geladeira. A mãe perseguiu o caminho dos seus olhos e retirou um ímã feito de bronze com o formato do Coliseu, em cuja base estava escrito "Italia" em letras coloridas.

— E a decepção do seu pai quando comemos a pizza de lá? "Do nosso bairro é muito melhor" — disse a mãe imitando a voz de um vilão de desenho infantil. — Eu me lembro exatamente desse dia, de como ele estava orgulhoso por levar todos vocês à Europa.

Aproximando-se, Pedro ajustou os cabelos da mãe atrás das orelhas e a encostou em seu peito.

— Sinto falta dele — ela disse.

— Eu também, mãe. Eu também.

✶ ✶ ✶

Passaram o restante da tarde fazendo nada. Fazendo nada juntos. E isso era importante.

Sentada no canto do sofá, a mãe fazia carinho na cabeça do cachorro com os pés, calçados apenas com meias. O sofá tinha o formato de L e beirava um enorme tapete. Pedro estava na parte menor do móvel, espaço que fora motivo de muitas brigas entres os irmãos. Na infância, caberiam os três, juntos e esticados. Mas aquela parte era como um trono dourado, em que somente um deles poderia reinar. Agora, ele precisava encolher o tronco e dobrar os joelhos para encaixar sua estatura de quase um metro e oitenta, mas o estofado conservava a mesma textura dos tempos de criança.

A mãe assistia a um filme, enquanto ele se revezava entre ler um livro e olhar para a televisão. A cada reação veemente da mãe, ele abaixava o livro da sua frente e perguntava o que havia acontecido, e ela tentava situá-lo da trama. O filme era ambientado em Taiwan, contava a história de um homem que renunciara ao seu primeiro amor para viver o sonho de morar nos Estados Unidos. O protagonista carregaria por toda a vida o trauma da decisão tomada.[3]

Ele voltou com a filha para visitar a casa em que morou em Taiwan, o mesmo lugar onde abandonou o seu

---

[3] *Tigertail*, dirigido por Alan Yang, 2020.

primeiro amor. Lá, ele não aguentou, chorou o que passou a vida toda evitando.

— Muito triste — disse a mãe, explicando a cena final do filme.

— Mãe, você se sente sozinha? — perguntou Pedro, aproveitando que rolavam os créditos.

— Claro que não. Tenho você, seus irmãos, meus netos, minhas amigas...

— Quero dizer, depois do pai.

Um brilho surgiu no rosto dela, analisando aquela eterna criança no sofá, que parecia ter crescido de um dia para o outro, sendo a barba somente uma fantasia de adulto. Se ela fechasse os olhos, o ouviria brigando com os irmãos e correndo pela casa; era o mais novo e o primeiro a chorar nesses momentos.

— Vem cá.

Pedro sentou-se ao lado dela e deixou o livro no colo. A mãe prendia com os lábios o sorriso, antecipando a surpresa. Entregou o celular nas mãos dele e disse:

— Vai passando.

Eram fotos em pontos turísticos, vinícolas e restaurantes. Abraçados, de rosto colado ou em poses engraçadas.

— Sua cara esconder isso da gente. Quem é ele?

— Não escondi nada, vocês que nunca perguntaram.

— Quando foi isso?

— Ele é argentino e veio para trabalhar numa pesquisa na faculdade. Conheci ele três meses depois da morte do seu pai. Filho, só três meses! Me senti uma traidora, demorou para aceitar que eu estava apaixonada, mas entendi que esse tempo e esse luto são medidas invisíveis, criadas para justificar julgamentos. Ora, eu preciso de autorização de quem para ser feliz? Quando me livrei disso, me senti com vinte anos de idade e aproveitei sem olhar pra trás. Durou até ele voltar para a Argentina, mas não me arrependo de nada, e a qualquer momento pode acontecer de novo; mantive meu coração aberto.

A mãe não desperdiçava palavras, todas elas eram arremessadas para algum espaço que precisava ser preenchido. Talvez por isso, nas poucas vezes em que Pedro arrumara confusão no colégio, o sermão era inteiro dela. O pai, por vezes, completava: "Sua mãe disse tudo".

— Até que ele é bonitinho.

— É gato! — disse a mãe, aproveitando a distração do filho para fisgar o livro que se descuidava no colo dele. — Lendo poesia? Alguém voltou apaixonado de Portugal.

— É da Rita — respondeu pegando o livro de volta.
— Aliás, ouve isso: "O que acontece é que tenho vindo a guardar alguns poemas. Enterro-me noutras clareiras para

que assim possa escapar-me da minha própria ideia de amor […]".[4]

— Que lindo! Quem é o autor?

— É uma autora. Matilde Campijo, ou Campilho, não sei pronunciar. Essa parte tá grifada com ondinhas embaixo. Significa que ela se identificou, não é?

— Talvez. Ou só achou bonito.

— Ela esqueceu uma caixa com livros no apartamento. Estão todos cheios dessas marcações. E essas marcações… você vai achar infantil… mas parecem recados pra mim. Tentando, sei lá, me explicar alguma coisa.

— Filho, querido, tentar achar razão nas coisas do amor é perda de tempo. Esquece isso, às vezes as coisas são como são.

Ele a abraçou, quase como quem diz: "Obrigado, mas vamos parar de falar sobre o amor". E pediu para que ela o levasse à rodoviária.

— Cadê o seu carro?

— O carro era da Rita.

— Por que você não dorme aqui hoje? Amanhã eu te levo.

— Quero acordar cedo pra comprar uma tevê e outras coisas pra casa.

---

[4] CAMPILHO, M. *Jóquei*. 2. ed. São Paulo: Editora 34, 2015.

— O que aconteceu com a sua tevê?

— Era da Rita.

— Pelo visto você não ficou com nada.

— Fiquei com a Hilda.

✶ ✶ ✶

A rodoviária era igual a todas as rodoviárias do país, que em comum acordo decidiram que deveriam ter aquela aparência de abandono. Era cinza, úmida e havia mais pombos do que pessoas. Adultos de fisionomia cansada verificavam suas passagens. Bebês provavam, aos gritos, que aquele não era um lugar acolhedor. Somente as crianças não se importavam, distraídas com balas e salgadinhos. Um cenário anticinematográfico para tantos encontros e despedidas.

Pedro aguardava o ônibus que iria de Campinas até São Paulo, marcado para 19h45, quando notou um velho se aproximar de maneira tímida, esperando uma reação para estabelecer contato. Pedro sacudiu a cabeça em uma espécie de cumprimento interiorano.

— Tomara que amanhã faça sol, vou descer pra Santos e encontrar minhas netas na praia — disse o homem.

Pedro olhou para as gotas de chuva caindo no local em que o ônibus estacionava. Não entendeu por que ele o escolhera para contar sobre as netas, como se fosse essencial compartilhar aquela informação.

— Esse tempo anda louco, não sei dizer, mas espero que sim — respondeu Pedro, por fim, despedindo-se e entrando no ônibus que chegara.

O barulho do motor veio acompanhado de um frio exagerado, vindo de um ar-condicionado potente. A rodoviária e o velho foram sendo deixados para trás. Pedro olhou para o homem uma última vez, depois colocou a mochila no colo para tentar se esquentar. Também verificou se havia uma resposta para o e-mail enviado a Rita. Nada.

A paisagem rolando, o ruído do ar-condicionado e as corridas entre as gotas de chuva que escorriam pelas janelas eram uma combinação perigosa para quem evitava os pensamentos.

Eu não fiz exatamente uma pergunta, não teria motivo para ter uma resposta. Talvez tenha parecido feliz demais e ela achou melhor não atrapalhar. Eu não estou feliz. É isso. É isso que deveria ter escrito no e-mail: "É difícil pra caramba! Em Portugal, pensei em você todas as vezes que olhei para o rio Tejo. Você iria amar aquele lugar! Queria que você estivesse lá. E agora queria que você estivesse aqui". Era esse o e-mail que eu deveria ter mandado. Mas, para variar, eu disse: "Te entendo. Vai ficar tudo bem". Eu não entendo. Eu-não-entendo. E não vai ficar tudo bem.

Lá fora, passavam velozes pequenas e enormes fazendas, cultivando algo sem identificação, mas que ficava lindo delineando o desenho dos morros; iguais às plantações de lavanda nas embalagens de produtos de limpeza. Em meio à paisagem havia um casebre com apenas uma lâmpada acesa. Pedro se questionava como poderia sentir falta e sofrer por algo tão efêmero como um amor, sendo que muitas pessoas lutavam por questões básicas de sobrevivência. Pessoas como aquelas que viviam no casebre e conheciam o sofrimento de maneira genuína. Ele não se considerava merecedor da tristeza, o que o impossibilitava de ser feliz. Jamais saberia que, dentro da pequena casa escondida entre os morros, um casal comemorava a chegada do terceiro filho, com arroz carreteiro e refrigerante de guaraná.

Ele adormeceu e acabou sonhando com um dia de sol puro: esbranquiçando a areia, cegando os olhos e queimando os ombros. Viu-se ao lado do velho da rodoviária, sob o guarda-sol, assistindo às netas correrem em direção ao mar com seus biquínis idênticos.

Acordou com o ônibus atravessando as marginais da cidade; as luzes dos carros acompanhavam o trânsito lento. Buscou no bolso uma goma de mascar para tirar o gosto ruim da boca e esticou o corpo logo em seguida. Esfregou as mãos no rosto e olhou para o céu escuro. Estranhamente, sem nuvens.

dia 5

sua
falta
é
toda
minha.

Quarta-feira

Pedro embarcou na estação Faria Lima do metrô. Ficou de pé, próximo à porta, brincando de esconde--esconde com um bebê, que apoiava o queixo nos ombros da mãe. Ele arregalava os olhos, e o bebê gargalhava. Ao fechá-los, escondia-se dentro de si mesmo – e nisso era muito bom. Ninguém deu bola para a garotice entre os dois, mas Pedro desceu do metrô carregando uma faísca de alegria, distraído das ideias cinzentas que ainda perpassavam sua mente.

Fazia quase o mesmo trajeto da época de estudante, quando descia na estação Consolação e andava por dois quilômetros para enfrentar as arrastadas aulas de Economia. Ele poderia ter evitado a distância, bastaria fazer uma baldeação para descer em frente ao portão principal da faculdade, mas, desde aqueles tempos, caminhar era a sua terapia. Se o lugar não fosse longe o bastante, subiria e desceria ruas aleatórias apenas para alongar os pensamentos.

Na estação, deixou que as escadas rolantes ditassem a velocidade. Em cada uma delas, posicionou-se no lado direito e conferiu e-mails, notícias e o modelo de tevê que compraria. Na superfície, notou o céu azul. Talvez azul somente para ele, que continuava de férias; para os demais, passando apressados, o céu tinha qualquer cor.

Durante o caminho, como um turista das miudezas, Pedro ignorava os prédios robustos que cercavam a avenida e atentava-se aos símbolos que, com ele, compartilhavam a calçada: um rosto de beleza única, um copo do McDonald's no chão, os malabares dos meninos, o artesanato dos hippies e seus bebês de colo, uma tatuagem em um braço, uma cicatriz em um pescoço e os gestos – gestos entre desconhecidos. Sentia-se somando à cidade a cada gesto que o envolvia, fosse um pedido de desculpas após o esbarrão, uma licença na pressa do indivíduo, ou a fé do mendigo dizendo amém para qualquer moeda. Essa resposta automática das pessoas era a forma com que ele acreditava que a cidade deveria se alimentar: por meio de gentilezas. Mesmo que, por muitas vezes, ele brincasse de imaginar que o velhinho simpático, passeando com o seu basset hound e lhe dando bom-dia, tivesse sido um nazista no passado; e a moça do caixa do metrô, que lhe deu o troco errado, uma notável violinista de música clássica ao fim do expediente.

    Percorreu aquela que é a avenida mais famosa da capital de ponta a ponta, desde a saída da São Silvestre, no cruzamento da rua Augusta, passando pelos prédios do Masp, da Fiesp e da Fundação Getulio Vargas – onde fez um tímido sinal da cruz, assim como Fabi e Fernando faziam quando passavam pela faculdade, respeitando os ritos da juventude. Já dentro do shopping, esfregou as mãos nos ombros e seguiu, sem distrações, direto para a loja de eletrônicos no segundo andar.

    Na frente da loja, televisões transmitiam filmes de ação em resoluções delirantes. As imagens eram tão reais que não se assemelhavam à realidade em nada. Atrás delas: celulares, notebooks, tablets e acessórios. Os produtos eram, em sua maioria, pretos ou prata – em algum momento da história, alguém decidiu que seriam essas as cores da tecnologia. O chão era branco e as paredes também, como em um hospital. Balões e serpentinas azuis enfeitavam os aparelhos em promoção. Os vendedores, com os braços para trás, eram como jovens esperando que alguém os chamasse para dançar; os mais animados batiam o pé no ritmo da música que tocava ao fundo. Parecia uma festa em que os convidados nunca chegariam.

Pedro foi abordado por um vendedor com um sorriso tão desmotivado quanto o da foto do seu crachá. Explicou que buscava uma Smart TV LED de quarenta e três polegadas, de uma marca específica, e que, inclusive, havia ligado antes para confirmar se tinha na loja o modelo. Dando três passos para trás, o vendedor abriu os braços em direção ao aparelho. Pedro deslizou a mão por cima da tela, agradeceu e se retirou da loja. Não houve qualquer demonstração de surpresa diante da atitude de pouco sentimento – surpresa, de fato, era quando compravam. Em frente da loja, Pedro entrou no site de outra loja e selecionou a compra: Smart TV LED quarenta e três polegadas, de uma marca específica, à vista, cartão de crédito, entrega express.

Não era um gasto que estava nos planos dele; além de cara, possuía funcionalidades que nunca usufruiria. Porém, para Pedro, a função dela seria outra; era a sua reação ao abandono de Rita. Tentava demonstrar que o fim estava aceito, que Rita e a televisão dela não voltariam para aquela casa. Necessitava de uma representação concreta do fim do relacionamento, e achou melhor que fosse em alta resolução.

Antes de sair do shopping, foi a uma loja experimentar uma calça e uma camiseta básica, seu vestuário para qualquer ocasião. Algo o apertava e pensava que poderiam ser as roupas. Mas, desde os primeiros dias em Portugal, sentia o corpo modificar-se: barba e cabelos haviam crescido, ainda que peito e cintura aparentassem estar menores.

De cima de uma pilha, pegou três tamanhos diferentes de uma mesma peça, jogou-as sobre o ombro e seguiu para o provador. Dentro do cubículo, brigou com a cortina que não fechava completamente e desceu as calças como se estivesse sendo assistido. A camiseta branca, depois, deslizou justa ao tronco. Liberto, mirou os olhos no espelho: era o corpo de um atleta – um atleta que não praticava esportes. Não havia gorduras sobrando nem ossos que se sobressaíam. As pernas estavam desbotadas quando comparadas aos ombros. Os olhos eram tão negros quanto a barba, que desenhava um novo rosto. A espinha ereta não escondia o físico apoucado. Não era a carne que estava menor, enfim, nem os ossos. Mas estava claro que ele havia diminuído.

Ao se mover para pendurar as roupas no gancho, lembrou-se, num susto, dos três pregos nus na parede do apartamento. Pensou que seria uma ótima ideia ter alguns quadros para ocupá-los, e sabia exatamente onde poderia comprá-los. Achou a ideia tão boa que quase saiu de cueca pela loja. Substituir a arte de Rita seria como derrubar as paredes do apartamento.

★★★

Aquela região costumava ser o destino do casal aos fins de semana. Foram muitas idas ao cinema para assistir a filmes que jamais estariam em cartaz nos shoppings. Rita amava os filmes franceses. Pedro amava o quanto ela amava os filmes franceses. Em exposições nos centros culturais, o entusiasmo dela era o de uma criança ao ouvir o sinal indicando o início das férias. Rita dissertava sobre todas as peças. Pedro escutava com atenção e discordava, somente pela delícia do debate. Na volta para casa, passavam no Parque Trianon para ver os quadros que os artistas distribuíam em barracas, cavaletes, murais e tapetes pela calçada. Eram, na maioria, autorretratos, paisagens surrealistas e pontos turísticos. Rita aproximava os olhos, perguntava o preço e a técnica usada. Se afastava, agradecia e dava as mãos para Pedro. Nunca compravam. Pedro não entendia ao certo se ela realmente apreciava os quadros ou se sentia na obrigação de dar atenção àqueles artistas da rua.

Dessa vez, Pedro compraria.

✷✷✷

Era fim de tarde e o céu havia perdido a cor. O cheiro era de chuva por vir. No vão do Masp, uma grande movimentação de pessoas, sons e carros. *Alguma manifestação*, ele pensou. Em frente ao parque, nenhuma barraca.

A feira de artes acontecia somente aos domingos, mas havia artistas expondo pinturas no chão, em varais ou tendo a grade do parque como mural. Não eram muitas as opções. Um homem de meia-idade, com traços orientais e vestindo um chapéu que só faria sentido na cabeça de um pintor, desprendia gravuras de um varal. Ao lado delas, um quadro maior era exposto em um cavalete, como se tivesse sido pintado ali. A pintura era de uma janela amarela do tempo colonial, provavelmente do século XVII, algo como Pedro vira em Salvador e Paraty. Centenas de pontinhos brancos, amarelos, azuis e cinza criavam a sensação de movimento.

Um sopro antigo batia naquela janela.

— Qual é o valor? — perguntou Pedro, apontando para a pintura no cavalete.

O barulho no Masp aumentava. Fiscais do trânsito indicavam aos carros que fechariam uma das faixas da avenida. Policiais se reuniam e nada conversavam, alguns a cavalo.

— Duzentos. Vai levar? Tô indo embora — disse o pintor.

Pedro virou o corpo para examinar a movimentação do outro lado da avenida. Não notou nada incomum, dentro do que eram as costumeiras manifestações.

— De onde é essa janela?

O pintor o encarou como um palhaço reagindo de maneira exagerada à pergunta inocente de uma criança.

— Eu gosto de pintar janelas. Você vai levar?

✱ ✱ ✱

Com o quadro embaixo do braço, Pedro observava a multidão que, aos poucos, preenchia o asfalto. Eram mulheres em sua maioria. O preto e o roxo predominavam em bandeiras e corpos pintados. Gritos, buzinas, megafones, sirenes e apitos: o mantra violento da cidade.

Hipnotizado, aproximou-se da aglomeração. Quando percebeu, estava no meio dela.

Duas mulheres, ao seu lado, soltavam as mãos apenas para ampliar a voz. Os corpos cada vez mais vizinhos e os brados cada vez mais próximos. Crianças penduradas em pescoços diziam mais do que os seus cartazes coloridos. Jovens por todos os lados. Mulheres jovens. Punks jovens. Casais jovens. Pais jovens. Adultos jovens. E Rita.

Um vulto, um fantasma, uma sombra de Rita.

Só pode ser ela, ele pensou. As tranças pesadas poderiam ser de outra pessoa. As mangas rasgadas e os braços finos e pretos também. Mas não o sorriso de molares expostos, de bochechas que tentavam tocar os céus, como se a felicidade inteira do mundo coubesse em uma goma de mascar, sempre presente na boca de Rita.

Tentou ultrapassagens. Conseguiu passar por um ou dois grupos. A massa de pessoas ficava cada vez mais densa. O quadro atrapalhava. Licença. Desculpa. Licença. Desculpa. De repente, entre as cabeças, o fantasma: o sorriso de Rita e o abraço de alguém.

Soltou o quadro. Ensurdeceu. A multidão passou por ele. Por cima dele. O atravessou, pois havia algo mais importante pelo que lutar. Pedro sobrou no meio da avenida, entre os jovens e a polícia. Um cão atropelado por um fantasma.

— Anda, parceiro! Anda! — disse o policial. — Você é surdo?

Pedro recobrou os sentidos somente quando o policial colocou a mão em seu ombro. Os estrondos ainda eram ruídos. As luzes o confundiam. Forçava a vista. Pegou o quadro esmagado no chão e se arrastou até a calçada. A cavalaria passou diante dele. Animais lindos com objetivos perversos; os olhos vazios, como os dele.

Gostaria de não estar ali, mas não saberia dizer para onde poderia ir, pois talvez não houvesse um só lugar em que desejasse estar.

★★★

— Deixa eu te ajudar — disse o zelador, arrastando o portão. — Tava um dia tão lindo, mas São Paulo é danado pra chover.

O quadro aparentava ter sido encontrado em uma caçamba de lixo e ficava mais pesado nas mãos de Pedro.

Ele ignorou a chuva no corpo e os pés molhados. O sangue pingava no corredor.

— O senhor tá bem? — perguntou o zelador.

Pedro segurou a porta do elevador com o pé direito e virou-se no tempo da orbitação terrestre.

— Tô bem — respondeu ele, e a porta o perseguiu até fechar.

★ ★ ★

Com a cabeça no travesseiro, ficou submerso em léguas infinitas de pensamentos. A cena minúscula, que não caberia em um comercial, se repetia como um GIF em sua mente.

Um sorriso e um abraço. Um sorriso e um abraço. Um sorriso e um abraço.

Sentimentos nasceram. Todos sem nome. Pedro tinha assombro das coisas sem nome.

Tudo indicava que cada fato do dia fora responsável para que ele estivesse na primeira fila e assistisse àquele momento nebuloso. Um episódio sublime aos olhos de qualquer pessoa do mundo, menos para a única que lhe assistiu. Um sorriso que ele acreditava ser único, distribuído feito caixas de bombom. Um abraço que contornou o pescoço por completo, com as mãos se ultrapassando e chegando aos cotovelos. De duas pessoas que estavam felizes por lutarem por uma mesma causa. Aquela causa roxa e preta.

A multidão não mais existia dentro da memória. Eram somente o sorriso e o abraço. O sorriso e o abraço. Obra do destino, ainda que ele não costumasse acreditar em destinos: não teria visto Rita se não tivesse brincado com o bebê; se não experimentasse as roupas; se não existissem janelas do tempo colonial; se os ativistas concordassem que cada um deveria carregar os próprios demônios; se a mulher do megafone alertasse no meio da multidão: "O amor tem dessas coisas, Pedro!".

O celular deixado na sala tocava continuamente. Ele levantou com raiva o suficiente para arremessá-lo pela janela. Havia seis ligações de Fernando e diversas mensagens. A última dizia: "O que é isso, mano? Me atende. Tô chegando aí!". O interfone tocou e dele veio a voz: "O seu amigo Fernando está subindo". A maçaneta se moveu. Duas batidas na porta.

— O que é isso, mano? — Ao abrir a porta, Fernando entrou como um raio e aproximou o celular do rosto de Pedro.

Era a capa de um portal de notícias: uma foto em que a cavalaria da polícia fazia uma parede para acompanhar uma manifestação, que seguia em frente. Entre eles, um homem apático com um quadro a seus pés. Um louco desencaixado, um náufrago, que, de maneira inexplicável, embelezava a imagem.

— Não acredito. Só faltava essa.

— O que você foi fazer nessa manifestação? Achei que era a Rita que te empurrava pra essas paradas.

— Eu vi ela.

— Viu quem, cara?

— A Rita.

— Onde?

Pedro apontou para a foto no celular.

— Aí, exatamente nesse momento.

A lâmpada do corredor era a única acesa, conversavam nas sombras. Fernando ficou sem reação, como se fosse ele quem tivesse visto o fantasma. Um silêncio doído percorreu os cômodos do apartamento. Fernando andou até a geladeira, e cada passo soou pesado no chão de madeira. Nenhuma cerveja. Abriu os armários e encontrou uma garrafa. Serviu dois copos e ofereceu um para Pedro; era o que ele sabia sobre acalanto. Pedro espantou-se e preferiu nem dizer que a garrafa era um presente para Rita; o uísque preferido dela. "O gosto traz uma lembrança do meu pai", ela dizia.

— Você conhece a Rita, sabe que ela fala e anda com o sorriso na boca. Mas ela deu um sorriso para o cara, que era o nosso sorriso, era o sorriso que ela dava pra mim… diferente dos outros.

— Ela tava com um cara? Beijando um cara?

— Não. Sorriu e abraçou um cara.

— Você tá assim por causa de um sorriso?

— Ela tá apaixonada.

O pensamento de Pedro era o seu pior inimigo diante de fatos que ultrapassavam os planos do corpo. E Fernando conhecia melhor do que ninguém aquela teimosia; seria perda de tempo tentar arrancar a ideia da cabeça dele.

— É um sinal pra você seguir em frente. Encontrar com ela em uma cidade desse tamanho e no meio de uma passeata! Sofre o que tem que sofrer, meu irmãozinho. Em Portugal, você olhava para o rio e seus olhos mudavam, mas não caía uma lágrima. Não dá pra ficar guardando tudo isso na gente, vai acabar se afogando por dentro. Você precisa chorar.

Pedro permanecia sentado no sofá com as mãos na cabeça, enquanto Hilda miava distante.

— Vamos na festa amanhã. Eu cuido de você. Vão várias amigas da Marla, e eu sei que a Rita não vai. — Fernando olhou para o uísque, tentando esconder-se. Não deveria ter dito o nome de Rita, e associá-la à festa era uma péssima maneira de convencer o amigo. — Desculpa, mas pra não ter perigo de um encontro, a Marla pediu para eu perguntar pra você. E ela ficou de perguntar pra Rita. No fim, vocês dois disseram que não vão.

Não se ouvia barulho algum vindo da rua; os momentos de silêncio passavam como naves vagarosas no espaço. Pedro não tocou no uísque. De repente, levantou-se e disse:

— Eu vou ficar bem. Só preciso descansar.

Fernando balançou a cabeça, sabendo que o amigo não resolveria as coisas como ele: não sairia ligando para outras mulheres, nem iria para a rua falar com os postes. Guardaria tudo dentro de si, em uma luta quase sempre injusta.

— Fico preocupado, mas sei que você se vira. Qualquer coisa me liga — disse Fernando. — E, por favor, vamos amanhã. Por mim, pela Fabi e pelos velhos tempos. Vai ser divertido.

★★★

Pedro fechou a porta e ficou parado no corredor. Surgiu uma vontade que o fez educadamente mandar o amigo ir embora. Fechou os olhos e esperou as batidas do coração abrandarem. A respiração encontrou um curso, um rio calmo. Deixou o corpo equilibrar-se.

Preparava-se para algo.

Elevou os sentimentos, que estavam nos pés, nas mãos e no estômago. Enviou tudo para a cabeça. Lá, ele organizaria. Abriu os olhos como se acordasse de uma meditação. Buscou a garrafa de uísque na cozinha, pegou o copo na sala e os acomodou, com cuidado, ao lado da cama. Retornou para a sala. Abaixou-se e abraçou a caixa de livros para levantá-la. Colocou em cima da cama. Pegou os óculos, que pouco usava, e os ajeitou no rosto. Uniu as pernas, como um indiano buscando autoconhecimento. Deu um gole no uísque, espremendo todos os cantos da face. Estava pronto para embebedar-se. Tomaria palavra por palavra.

"Você precisa chorar." Então, vamos lá.

Agarrou com as duas mãos um bloco de livros. Repetiu o gesto, retirando mais uma porção. Alguns restaram na caixa. Deixou os dois montes lado a lado na cama.

Da primeira pilha escolheu um livro. *Poemas de luta e amor*, informava o subtítulo. Uma capa vinho e, em letras grandes e brancas, o título, que bem poderia ser uma descrição de Rita: *Tudo nela brilha e queima*.[5] O nome da autora era ainda mais forte: Ryane Leão. Antes de folhear, tentou mais um gole do uísque. O pouco de líquido, que passava pela boca apertada, deslizava pela garganta e o aquecia por dois segundos, como se engolisse um vaga-lume.

O livro parecia um diário, recheado de observações e pensamentos que conversavam com os poemas. Pedro passou as folhas rapidamente com os dedos, assim como quando desenhamos um homem em dezenas de posições sequenciais diferentes, fazendo-o ganhar vida no movimento das páginas. Parou no poema "A raridade dos eclipses".

Ajeitou os óculos e leu em silêncio.

lembra quando você me disse

que olhava pra mim e via estrelas?

eu era noite, eu era lua

e você era dia

a gente já sabia:

não podíamos existir

ao mesmo tempo.

Fechou o livro ainda marcando com os dedos a página lida. Hilda surgiu e se deitou no canto da cama,

---

[5] LEÃO, R. *Tudo nela brilha e queima*. São Paulo: Planeta, 2017.

encaixando-se nas dobras do lençol. Ele deixou o livro ao seu lado e partiu para outro. Mais um gole, com a boca mais apertada.

Poemas presos.[6] Capa dura. Preto e branco. Nome do autor no centro: Rafael Cavalcanti. Uma folha seca marcava a página dezenove:

> tantas vezes errado
>
> nas madrugadas,
>
> do nada,
>
> nos pegávamos acordados,
>
> refazendo nós dois,
>
> de um jeito certo,
>
> pra depois,
>
> no final,
>
> tentarmos nos cobrir
>
> e acabarmos descobertos.

A primeira leitura, silenciosa, era seguida de outra em voz alta para, quem sabe, chegar em alguém que o explicasse.

— "No final, tentarmos nos cobrir e acabarmos descobertos", sacô? — disse para a gata. — Tentávamos consertar

---

[6] CAVALCANTI, R. *Poemas presos*. São Paulo: Editora WI, 2019.

os pequenos problemas e sobravam os pés gelados. Mas amar não é só calor, certo? É manter os corpos juntos. Tanto faz os cobertores.

Próximo livro. Outro. E outro.

As páginas e os goles desciam pesados. Cansavam. Não era mais noite e tampouco dia. Ele resistia ao sono, ao tempo e ao medo. *A poesia é uma tristeza bonita*, pensou.

No fundo da caixa, o título de um livro o alertava: *O amor acaba*.[7] É isso, encontrou o que procurava. A palavra direta, sem metáforas. O amor acaba, ora bolas. Agora, só precisava ler para descobrir quando, como e onde. Era um livro de crônicas do autor Paulo Mendes Campos. Havia uma crônica que dava título ao livro, e ela estava marcada com um fitilho verde, igual ao da fita amarrada na chave do apartamento.

Começou a leitura sem tomar fôlego, apenas ajeitou-se na cama.

> O amor acaba. Numa esquina, por exemplo, num domingo de Lua nova, depois de teatro e silêncio; acaba em cafés engordurados, diferentes dos parques de ouro onde começou a pulsar; de repente, ao meio do cigarro que ele atira de raiva contra um automóvel

---

[7] CAMPOS, P. M. *O amor acaba*. São Paulo: Companhia das Letras, 2013.

ou que ela esmaga no cinzeiro repleto, polvilhando de cinzas o escarlate das unhas [...].

Hilda caminhou para perto e esparramou-se nos livros lidos.

[...] Onde o amor pode ser outra coisa, o amor pode acabar; na compulsão da simplicidade simplesmente; no sábado, depois de três goles mornos de gim à beira da piscina [...].

Bebeu mais uma vez o uísque. Um verdadeiro caubói, porém sem a coragem.

[...] Uma carta que chegou depois, o amor acaba; uma carta que chegou antes, e o amor acaba; na descontrolada fantasia da libido; às vezes acaba na mesma música que começou, com o mesmo drinque, diante dos mesmos cisnes; e muitas vezes acaba em ouro e diamante, dispersado entre astros [...].

As mãos apertavam as páginas.

> [...] E acaba depois que se viu a bruma que veste o mundo; na janela que se abre, na janela que se fecha [...].

A respiração fora d'água por um instante. Mais um mergulho.

> [...] Em todos os lugares o amor acaba; a qualquer hora o amor acaba.

Não conseguiu ir adiante. Os olhos, dois frágeis vasos de terra molhada. As mãos tremiam indicando chuva. Chuva de dentro para fora. Chuva com gosto de mar nascendo no peito e morrendo na boca. Atendeu, assim, ao pedido do amigo.
O amor acaba, Pedro.

dia 6

ao
abrir
qualquer
porta,
o tempo
já é outro.

Quinta-feira

Uma sirene invadiu os sonhos de Pedro. Ele não percebeu, mas era apenas o interfone tocando pela sétima vez. Esfregou os olhos inchados e estranhou o mundo ao redor, sem reconhecer o próprio quarto. Não fazia ideia de qual era o horário nem sabia ao certo quando adormecera, mas lembrou-se de, ainda acordado, ouvir a freada dos primeiros ônibus da manhã. O corpo, que pesava o dobro, carregava as palavras lidas na noite anterior. A garrafa, ao lado da cama, quase intocada, e o copo pela metade. Fora incapaz de tomar um porre, não poderia nem dizer que sofria de uma ressaca, mas dentro, era inegável, havia um bolo de sentimentos enjoados.

Caminhou até o banheiro, apoiado pelas paredes, desfazendo-se das roupas. De frente para o espelho, fez um copo com as mãos e arremessou água no rosto, esperando que algo da sua imagem mudasse. Nada mudou. Passou, então, espuma sobre a barba e sobre os cabelos. A campainha tocou no exato momento em que ele encostava a lâmina no rosto. Enrolou a toalha no quadril e seguiu curioso até a porta, pois não esperava qualquer visita.

Era o zelador, acompanhado por dois homens de calça e camiseta cinza. Tentavam não encarar Pedro, seminu e com espuma por todo o rosto.

— Chegou uma entrega. Toquei o interfone, mas acho que o senhor não ouviu.

Pedro abriu a porta por completo e deu passagem com o corpo. Eles o seguiram pelo corredor.

— Pode deixar ali — disse apontando para o rack em frente ao sofá.

Os rapazes soltaram a caixa, bateram as mãos contra as calças e saíram. Antes da chegada do elevador, o zelador olhou com gravidade para Pedro, que abaixou o rosto.

— O senhor está bem?

Pedro apenas fez um gesto positivo com a cabeça, escondendo-se atrás da porta que fechava. Em seguida, foi para o quarto buscar o celular, a garrafa e o copo. Parecia ter se esquecido de que estava prestes a fazer a barba. Devolveu a garrafa no armário e, no instante em que iria despejar na pia a bebida que adormecera no copo, jogou-a pela garganta num impulso. Nada sentiu. Nem dentro, nem fora. Serviu-se de mais uma dose antes de ir para a sala, onde Hilda se encontrava em cima da caixa da tevê, como se tivesse chegado com ela. Sentou-se no sofá, com o rosto ainda coberto de espuma, e admirou o retângulo pardo com um enorme número indicando as polegadas.

O rabo da gata raspava no papelão, com um leve balanço.

Dormi duas ou dez horas?, perguntou-se.

Muitas mensagens no celular o questionavam sobre a foto do jornal. Fabi fez diversas piadas, mas, no fim, quis saber se ele estava bem. A mãe mandou um beijo e disse que o amava. Ele ficou sem entender se a mãe disse isso pois soube da foto do jornal, ou apenas porque sentiu que deveria dizer que o amava. Havia também inúmeras mensagens de Fernando. A última dizendo somente: "Vamos?". Levantou-se, bebeu o uísque e bateu com o copo na caixa da tevê, brindando uma vida que não parecia valer tanto a pena.

Voltou ao banheiro. Empunhou o barbeador, encostou entre o colo e o pescoço e foi subindo levemente. Parou no meio do caminho, jogou água sobre a lâmina e prosseguiu. Passou ao lado do olho e do início da testa, até chegar ao cabelo. Não conseguiu. Soltou o barbeador, apoiou os dois braços na pia e riu da sua falta de coragem. Rasparia somente a barba, o cabelo ficaria como estava. Assim que acabou, desenrolou a toalha da cintura, jogou sobre o boxe e regulou a água para ficar o mais quente possível. Antebraço encostado na parede enquanto apoiava a cabeça, deixando as costas cozinharem na água quente. Depois, ergueu o braço e foi mudando a temperatura até gelar a espinha. Manteve-se nessa posição por um longo período. Decidiu, no meio de um choque térmico, fazer um pedido, sem saber exatamente para qual deus. Talvez pedisse apenas para si mesmo. Gostaria de sair daquele banho outra pessoa, pois aquele corpo não servia mais.

Com a pele ainda úmida e os dedos enrugados, jogou-se pelado na cama. Alguns dos livros lidos caíram no chão. Sentiu a queda de todos eles, notando que nada mudara após o banho, assim como não mudou após a barba raspada, a chegada da tevê e o quadro comprado. Rita parecia fazer-se mais presente no apartamento do que antes. Cada objeto tornava-se uma nova lembrança. E a todo momento era como se acabasse de revê-la. Um sorriso e um abraço.

Fernando tentou mais uma vez: "E aí, vamos? Última chamada".

A festa poderia ser uma nova chance, mas, na falta de certeza, preferiu deixar nas mãos do acaso. Dormiria e, se acordasse antes da meia-noite, iria para a festa. E não fez outro plano caso não acordasse.

Era uma noite de quinta-feira, véspera de feriado. A cidade brindava nas esquinas e ansiava-se no trânsito, enquanto Pedro desmaiava nu entre os livros. Abatido por dois copos de uísque e um coração partido.

✷✷✷

Estava na frente de um prédio antigo no centro. Uma construção esquecida pelo progresso dos metais e das fachadas espelhadas, que escondem apartamentos minúsculos, nos quais você é obrigado a trombar com a solidão a todo instante. Assoprou as mãos e sentiu brotar da boca o cheiro do álcool remanescente. Das janelas do último andar, luzes coloridas indicavam o lugar da festa. O porteiro pediu o seu nome e o documento. Teve que fazer, a contragosto, uma foto para ficar no arquivo. Sorriu aquele sorriso sem dentes.

Os degraus circulares faziam do prédio uma imensa torre; um zumbido aumentava à medida que ele se aproximava do topo. Durante o caminho, imaginou-se descamando, como se deixasse o antigo Pedro para trás.

No fim das escadas existia um corredor estreito que apontava para uma singela porta amarela, entreaberta, como se alguém soubesse da sua chegada.

Luzes verdes e vermelhas balançavam em uma sala espaçosa de poucos móveis. Havia um abajur gigante no canto e algumas poltronas antigas, todas diferentes umas das outras. Reconheceu, com agradável surpresa, a música que tocava ao fundo, e recebeu um drinque de um homem em um vestido brilhante, que dava boas-vindas aos convidados.

A ideia era procurar os amigos ou beber para tornar qualquer pessoa um amigo, assim como Fernando fazia. Encostado na parede, ficou olhando para as poucas pessoas que conversavam; não encontrou nenhum rosto conhecido e, pelo clima calmo, entendeu que chegara cedo demais.

A sua atenção foi capturada por um homem barbudo, que exagerava em sua importância, monopolizando a conversa de um grupo formado por quatro pessoas. O segundo da turma era um jovem magro com olhos fundos, cabelos alinhados e tatuagens aleatórias – provavelmente feitas em épocas diferentes –, alguém que tentava ser o mais estiloso do lugar e fracassava. A terceira figura era uma mulher, demonstrando plena preocupação financeira, escutando os conselhos genéricos que eram oferecidos. Pedro achou graça de como cada um deles usava as ferramentas de que dispunha para se destacar da normalidade da multidão e, ao mesmo tempo, incluir a si mesmo no grupo. Os penteados, os vestuários e as opiniões afirmavam uma diferença que os igualava aos outros diferentes.

A quarta pessoa estava encoberta, dela era possível ver somente um All Star laranja de cano alto, que originalmente deveria ter sido amarelo. Pedro simpatizou com o tênis, embora encardido e multicor, com marcas de quem mergulhou em poças d'água e depois entrou em um ambiente empoeirado. O cadarço estava desamarrado, mas era curto demais para provocar uma queda. Tudo naquele tênis era honesto e verdadeiro.

De súbito, o tênis desapareceu entre os corpos. Pedro aproximou-se para tentar encontrá-lo, mas já não estava mais entre eles. Acabou juntando-se ao grupo, que de perto provou-se desinteressante. Sentiu, ao sair do círculo da conversa, a mesma vergonha que teve para entrar, como se devesse algo para aqueles desconhecidos. Afastou-se em passos miúdos e se acomodou em uma antiga Chesterfield, uma poltrona que sempre desejou ter em casa, mas que Rita insistia que era cafona.

Entrou repentinamente na sala falando alto uma multidão de camisas floridas, jaquetas de couro, vestidos e coturnos. O grupo tornou-se o centro das atenções. Pedro fez uma careta, forçando os ouvidos a escutarem somente a música, pois sentia vergonha de quem falava alto, gostava mesmo era de sussurros – coincidentemente a sua palavra favorita do vocabulário.

Notou ali um ambiente de extrema contemplação, uma peregrinação, quase um caminho de Santiago, que, para ele, não levaria a lugar algum. Sorriu de novo. Era o segundo riso da noite. O primeiro foi para o porteiro e, o último, para a demasiada importância que ele dava para tudo.

Antes de se levantar, acariciou a poltrona, sinalizando que era apenas um até logo.

✳✳✳

Os convidados já ocupavam cada centímetro do chão de tacos, na esperança de momentos que brotariam no amanhã como boas lembranças. Pedro se desviava deles à procura do banheiro, depois de ter tomado três drinques compostos por bebidas indecifráveis, de um gosto leve e adocicado. Tentou a primeira porta do corredor, mas estava trancada. A segunda, que tinha uma maçaneta dourada no formato de uma maçã, revelava um pequeno ateliê. Ficou curioso, mas o corpo logo o lembrou do seu objetivo. No fim do corredor, duas pessoas olhavam para uma porta fechada.

À sua frente, na fila, havia um homem baixo, com uma camiseta listrada e óculos grandes demais para o rosto, como se usasse uma máscara que o fizesse enxergar. Pedro desejou uma máscara como aquela e depois desejou ser aquele rapaz, simplesmente por ser alguém que não era ele próprio. Perdeu-se nos desejos absurdos. Quando voltou em si, estava sozinho, com a porta aberta aguardando a sua entrada. Olhou para os lados para verificar se alguém o notara agindo como um lunático à espera de um banheiro desocupado.

Entrou e trancou a porta. Subiu a tampa da privada e suas mãos a sentiram ainda quente. Espreguiçou-se enquanto examinava o ambiente. Era um banheiro estreito, de pé-direito alto e com duas samambaias penduradas na parede, um cacto próximo da porta, um cesto com revistas velhas e uma cortina que parecia esconder uma banheira. Uma lâmpada fraca e rosa iluminava o cômodo, posicionada acima do espelho. Ele poderia facilmente dormir ali. Nesses dias estranhos, em que não conseguia nomear sentimentos, a sua própria casa o perseguia. Sentiu paz naquele lugar desconhecido, um banheiro alheio. Talvez a sua paz fosse um lugar desconhecido.

Uma batida na porta o despertou. Lavou as mãos e o rosto como se estivesse atrasado, abriu a porta enquanto olhava para o chão e viu o All Star laranja entrar apressado.

Ergueu o rosto e a porta bateu. Uma bandeja com um drinque solitário ultrapassava o corredor, servida por uma mulher enorme vestida de viking. Pescou o drinque.

Voltou, num movimento programado, para a porta com a maçaneta dourada que havia deixado para trás, em seu caminho para o banheiro. Esperou para entrar sem ser notado. Girou a maçaneta e fechou a porta atrás de si, em silêncio, como se invadisse um museu. O ateliê estava iluminado por um tom de azul, que entrava pela imensa janela de vidros quebrados. Havia cavaletes espalhados por todos os lados. Nas paredes, rascunhos de corpos desenhados com giz pastel. Os seus olhos percorriam os ensaios, absorvendo os traços amargurados. Estava tão compenetrado que não notou a presença do outro visitante. Uma voz feminina rasgou a sombra:

— É incrível o quanto a dor pode embelezar algo.

O volume era baixo e pronunciava cada palavra com a mesma entonação. Pedro fingiu não perceber o que ouviu por trás do cavalete, apenas fixou o olhar em uma das imagens: uma figura humana retorcida, que lembrava o galho de uma árvore centenária.

— Você acredita no que dizem, que a dor é uma fase de crescimento? Que nos estica para permitir alcançar o que parece inalcançável? — insistiu a voz.

— A dor é só dor, não traz nenhuma mensagem, não ensina nada… somente fica nos lembrando do que foi retirado de nós — respondeu Pedro.

Houve um silêncio azul, um azul quase preto. Ele, de repente, foi tomado por uma náusea e sentiu o corpo se retorcendo como nos desenhos da parede. Procurou a porta, tropeçou e derrubou um cavalete. Uma risada percorreu a sala. Girou a maçaneta com dificuldade e voltou à festa. Suava. Procurou por água, mas havia apenas dois drinques reluzentes na bandeja mais próxima. Retirou um deles, encostou na parede da sala e deslizou até tocar o chão. Mergulhou no drinque e se engasgou no meio do gole, derrubando a bebida na camiseta. Lambeu a ponta dos dedos e passou sobre a parte molhada. À sua esquerda, um casal se beijava como se estivessem sozinhos; a mulher segurava o rosto do homem exatamente como Rita fazia. Pedro balançou a cabeça como se afastasse mosquitos.

Olhou ao redor.

As pessoas conversavam com gestos largos e as guardas baixas. Roupas e cabelos em bonito desalinho. Todos pareciam mais interessantes deixando de olhar para si antes de olhar para o outro. Na outra ponta da sala, na sua poltrona favorita, o tênis laranja balançava apoiado em duas pernas cruzadas. Ele tentou acompanhar o percurso que ia das pernas até o rosto, então percebeu a cabeça atravessada por olhos ameaçadoramente serenos. Sentiu, naquele instante, como se existissem só os dois naquela festa. Porém, ao erguer o copo para beber, perdeu o tênis para os corpos dançantes.

Precisou se apoiar em um móvel para ficar de pé. Um livro caiu em sua cabeça. Olhou para trás com estranhamento, percebendo que estava encostado em uma estante repleta de livros enfileirados: coleções inteiras com páginas amarelas e capas rasgadas. No meio delas um pequeno vão, a provável casa do objeto que o atingira. Desvencilhou-se do livro o mais rápido que pôde, jamais o abriria. Encaixou-o na estante, sentindo Rita entre os dedos.

Outro drinque colorido surgiu em suas mãos e ele bebeu tal como beberia uma enorme garrafa, empurrando Rita ainda mais para dentro.

No fim do gole, a música desapareceu, mas os convidados continuavam dançando. Pedro ouviu o barulho das sirenes e dos apitos da noite anterior. Balançou a cabeça mais uma vez e os pensamentos voaram feito pombos, fazendo a música reaparecer.

As pernas o levaram para o centro do tapete, flutuavam. Notou todos de olhos fechados e achou melhor imitá-los. A consciência dele seguia dizendo muitas coisas, mas era uma voz pequena e fraca, tão medíocre que o corpo a ignorava. Ao abrir os olhos, as paredes dançavam. Achou melhor procurar por água.

✶ ✶ ✶

A cozinha era enorme, como de um filme americano. O piso branco estava marcado com uma mistura de bebida derramada e sola de sapato suja. Ninguém se importava, todos gargalhavam e falavam alto. Pedro entrou ali como se fosse a sua casa, pegou o único copo limpo no escorredor de pratos, abriu uma garrafa de água e serviu-se, depois encostou no balcão, percebendo que uma mulher o encarava. Resolveu aceitar o duelo, pois não estava disposto a perder nada naquela noite.

Perdeu, pois logo olhou para os próprios pés.

As pessoas saíram aos poucos, deixando-o sozinho com um punhado de armários antigos, copos sujos e garrafas incompletas. Sentiu as ruínas de algo indecifrável. Duvidou que estivesse na festa certa. E duvidou que estivesse na vida certa. Naquele instante, o tênis laranja entrou no cômodo. Houve um silêncio provocador. A sola do tênis deixava marcas de adolescência no chão. As portas abertas dos armários impediam que os dois se notassem inteiros. O tênis pegou uma cerveja e deixou a cozinha. Pedro arriscou:

— Espera.

É difícil ter certeza se ele realmente disse ou se apenas assoprou o ar achando que estava dizendo. Os seus pensamentos estavam confusos, em outra rotação, como se fosse um disco que, se tocado ao contrário, cantaria uma mensagem guardada. Ele sempre contava cada bebida que tomava, mas, dessa vez, pegou outro drinque sem saber que aquele já era o quinto; costumava saber bem de misturas e limites, orgulhava-se disso.

Saiu da cozinha e atravessou para uma parte mais escura da casa, em que uma mulher cantava, em um pequeno palco redondo, acompanhada de bateria, piano e saxofone. Pedro coçou os olhos, fazendo com que os corpos da banda perdessem o contorno.

No meio das pessoas que escutavam em transe aquela voz apaixonada, ele pensou ter visto Rita passar.

Não a perderia dessa vez. Seguiu andando no meio da plateia atrás dela, chegando ao que aparentava ser uma extensão da sala, separada por duas colunas, com uma viga em formato de arco e um tecido roxo; passar para além daquele véu aparentava ser proibido, mas, como já não tinha ossos em suas pernas, mergulhou para dentro do tecido.

Ninguém do outro lado.

Era uma sala de jantar com uma enorme mesa de mogno antigo: um cômodo austero, de luto, um ambiente fora daquele clima festivo, uma casa à parte, reservada e tímida. Entrou, puxou a pesada cadeira de madeira e sentou-se como se tivesse fome. E tinha.

Apoiou os cotovelos na mesa e sentiu-se terrivelmente sozinho. O copo de vidro grosso, com sua água salvadora, deixara uma marca sobre a mesa, que ele rapidamente secou com a camiseta. Era uma mesa orgulhosa de não ter arranhões. Ainda sentado, reparou em uma janela, como se a tivesse visto em outro momento. Levantou-se, colocando a cadeira no mesmo lugar em que ela estava. A janela, de um modo incomum, dava acesso a uma varanda. Ele levantou as pernas e passou para o outro lado, quase batendo a cabeça.

E naquela varanda, em meio a uma estranha fumaça que ali contrastava com a noite recheada de estrelas, eu entrei nessa história.

★★★

Eu estava lendo um livro e fiquei surpreso quando ele veio na minha direção. Essa foi a primeira vez que nos falamos.

— Achei que eu não era bom pra festas, mas ver você lendo um livro me provou o contrário — disse Pedro.

— É sempre tempo pra poesia.

— Prazer — ele disse, estendendo a mão para mim.

— Prazer, pode me chamar de Poeta. É assim que me chamam, no fim das contas.

— Poeta não é um nome. Qual é o seu nome?

— Talvez seja o único nome.

— Ah, pronto, vai responder de maneira poética. — Pedro tentava ser irônico, mas eu sabia o quanto aquilo não combinava com ele.

— Se quer tanto um nome, fique à vontade, me nomeie.

— Sou péssimo com nomes.

— Sabia que, no Éden, o Criador deu essa mesma tarefa para o primeiro homem? Acho incrível isso, não querer nomear as próprias criações.

— Talvez ele precisasse de alguém para dividir a culpa.

— É, acho que nós também gostaríamos de ter alguém para dividir a culpa.

— Ultimamente não tô sabendo bem do que eu gostaria.

— É isso! Uma das coisas mais bonitas da humanidade: estamos sempre atrás de algo inominável. Basta perguntar: o que você quer? E ficamos sem resposta. Ou pior, temos respostas demais.

Pedro levantou as sobrancelhas como se concordasse. Parecia, à sua forma, feliz por ter encontrado um rosto amigável. Olhou ao redor, pensativo:

— Por que essa fumaça na varanda se não há ninguém fumando por aqui?

— Dê uma chance ao mistério, Pedro. Tens cara de sonhador; essa busca por respostas não combina com você. Não importa o motivo da neblina, mas como aproveitaremos a presença dela.

— Vocês poetas são engraçados — respondeu ele, forçando uma risada. — Recentemente li algumas poesias e todas pareciam falar sobre mim; a diferença é que, nos livros, tudo era mais bonito. Mesmo o fim de um grande amor soava como uma canção sofrida. Mas linda, linda, linda. Você responde exatamente como eles.

— A poesia brinca com as lembranças de cada um, mostrando que elas sempre são mais bonitas do que a realidade. As flores continuam brotando no passado, só não podem ser colhidas. Ora, um fim não pode ser bonito?

Pedro olhou para o céu e depois para mim.

— Não.

— E precisa, então, ter um fim?

— Eu preciso.

— Bom, dessa forma as coisas continuarão acontecendo em um tempo que pode ser observado e não tocado. As histórias que vivemos é o que nos colocam de pé. O fim é um bocado de coisas que nunca terminam. Talvez, o fim aconteça quando fecharmos os olhos em definitivo, mas quem garante que não sonharemos? A vida é o movimento das pernas pelo caminho que ainda não nasceu. Tudo é continuidade, inclusive o fim.

Enquanto eu falava, assisti ao exato momento em que ela tentava, atabalhoada, passar pela janela da pequena varanda para juntar-se a nós. Após o esforço, limpou o jeans e deitou os olhos sobre as estrelas. Depois, andou até cutucar o ombro de Pedro.

— Tem fogo?

— Não.

— Tudo bem. O cigarro é só pra escapar da festa. Ou escapar de mim? Não sei.

Pedro, paralisado, não soube o que dizer.

— Você não parece muito à vontade por aqui, garoto — ela disse.

— Não sou muito de festas.

— Sei como é, mas, então, por que você veio?

— Um amigo insistiu, mas não o encontrei até agora.

— Duvido que um amigo tenha sido suficiente pra te trazer aqui.

— Se eu disser a verdade, vou parecer desesperado.

— Desesperos podem ser silenciosos, não é?

— Quase implosões.

Enquanto conversavam, ela mantinha o cigarro apagado entre os dedos balançando no ar. Os dois agora ignoravam a minha presença, como se a fumaça da varanda tivesse os acolhido, me deixando de fora. Ao encarar o chão para esconder a vergonha, Pedro deu de frente com os tênis que já haviam sido amarelos.

— Se você quer mesmo saber, também tô fugindo. Mas é de alguém, quer dizer, de um sentimento que tenho por alguém.

— Fim de namoro?

— Pior, fim de amor.

— Quando acabou?

— Há quatro dias. E fui informado por uma carta.

— Quero dizer... Qual foi o momento em que acabou?

— Como assim? Eu já disse, quatro dias atrás.

— Não é isso... Estou falando do ponto exato, sabe? O instante em que deixou de ser amor, aquele minuto. Sim, porque esse momento existe. Às onze e quinze da manhã estamos na praia fazendo planos para a viagem de fim de ano. À uma e dezoito da tarde acabou. Algo acontece ali, o amor escapa entre os planos.

— Não acho que tenha sido assim.

— As pessoas sempre contam sobre o início do amor: o primeiro beijo, o primeiro toque, o momento da conquista. Mas ninguém fala do fim. Você não sabe, pois em você não aconteceu, você ainda está naquela praia fazendo planos, carregando os seus sonhos sozinho. Por isso dói tanto na gente que ama: ficamos sem saber o momento exato em que o amor foi embora. E ele sempre parte antes de nos avisar.

Na ponta do cigarro dela, Pedro imaginou o fogo, sentindo a força do encontro. A voz escapava doce, disfarçando as palavras duras. Ele queria saber tudo sobre ela, queria perguntar qualquer coisa, apenas para que ela continuasse falando. Quando decidiu entregar-se e contar que havia notado o tênis durante a festa, foi interrompido por uma voz tão familiar quanto o sofá de sua casa.

— Pedroca! Você veio!

Fernando e Fabi surgiram dizimando toda a neblina do espaço.

— Bebe isso aqui!

Fabi virou um líquido transparente na boca de Pedro. Fernando o beijou.

— Vamos dançar!

E o puxaram festa adentro.

Ele teve somente tempo de vê-la aquiescendo com a cabeça, enquanto pulavam a janela, como se houvesse uma comunhão e um encontro firmado em algum lugar do tempo. Eu acenei com a mão, já prevendo nossos encontros futuros. A turma passou pela sala de jantar, pelos tecidos e, depois, pela banda, pulando e bebendo.

Ao entrarem na sala principal, foram completamente atingidos pela festa. Pedro ergueu as mãos, fechou os olhos e pensou em Rita. Pensou na garota do tênis laranja. Pensou na nuvem que não se dissipava e na nossa pequena conversa. Perguntou gritando:

— Como aquele cara sabia o meu nome?

Nada entenderam.

Ele sorria de maneira chorosa, comovido pela bebida e pelo abraço dos amigos. O corpo rodava. As cores do espaço se misturavam enquanto ele pisava no ritmo da música. Foi fincando o coração no chão, até tudo ser tomado pela noite.

dia 7

ainda trago

nós

no peito.

Sexta-feira

Competia com o peso das pálpebras. Ouvia o barulho de um ventilador barato e sentia o ar soprando sobre os seus pés, ora sim, ora não. A persiana creme pouco fazia para proteger a entrada da luz. Dois quadros apoiavam-se na parede e, ao lado deles, três caixas de papelão formavam uma pirâmide. Bitucas antigas dentro de um cinzeiro prata sobre a cômoda espalhavam o cheiro das noites passadas. No chão havia uma garrafa de plástico com um copo encaixado na tampa, que ele bebeu com vontade de virá-la na cabeça. Procurou pelo celular e pela carteira, mas não os encontrou. Levantou-se apenas de calça jeans. Estava sem a camiseta, descalço, o tênis encostado na porta, as meias sujas enfiadas dentro. Empurrou a porta com a ponta dos dedos. Na cozinha de uma sala americana, uma panela fervia e uma mulher loira, de costas para ele, lavava a louça ouvindo Gal e Caetano. O balcão escondia a metade do corpo dela, que dançava sem mexer os pés. Ele entrou no banheiro à direita. Sentiu vontade de tomar um banho, mas não havia toalha, somente uma calcinha pendurada no registro. Jogou água no rosto e no peito, depois bebeu direto da torneira. Também passou um dedo de pasta nos dentes, secou as mãos na calça e conferiu o zíper, que estava aberto. Saiu do banheiro silenciado pelos pés descalços. Uma pequena varanda, ocupada por plantas, mostrava o telhado dos sobrados vizinhos. Na parede havia um trio de máscaras ibéricas, e os móveis eram de uma madeira escura. Sobre o sofá, cinco travesseiros com traços e cores africanas, deitados um sobre o outro: vermelhos, amarelos e azuis, que pareciam feitos de tecidos que trajaram reis e rainhas. Ele jamais se lembraria do que disse ao ver aqueles travesseiros pela primeira vez: "Além do valor absurdo, não combinam com o sofá". A mulher loira fechou a torneira, esfregou um pano de prato nas mãos e virou-se. No momento em que se deparou com aquele homem assustado, franziu a testa e apertou os lábios aguardando uma palavra dele, que, por sua vez, não sabia o que aguardar. Um barulho de chaves destrancando a porta de entrada estendeu o momento. Gal Costa cantava.

Rita surgiu sorrindo como se aquela manhã fosse a única da sua vida, com um saco de pães em um braço e uma sacola com frutas no outro. Ela usava um vestido verde tão leve quanto as plantas na varanda, e os chinelos valiam ouro nos seus pés. O cabelo era como uma serpente enrolada em si mesma e deixava os ombros à mostra – dois morros brilhantes.

— Pati, esse é o Pedro. Sim, esse Pedro que você tá pensando — disse Rita, como se contasse uma história engraçada sobre uma pessoa que não estava presente. — Pê, essa é a Pati, *my roomie*.

Pedro fez um sinal para a mulher loira, que devolveu com um aceno de mão sobre o balcão. Ele perguntou, então, onde era o banheiro, mas já seguindo na direção correta. Logo que entrou, encostou as costas na porta e forçou as mãos sobre o rosto.

— Pê, tudo bem aí?

Pedro abriu a porta quase atingindo Rita, depois sussurrou. Ela fez uma careta, indicando que não conseguiu entender. Ele pegou na mão dela e a guiou para dentro do quarto. No instante em que soltou a mão, notou o suor entre os dedos.

— O que eu tô fazendo aqui?

Rita moveu-se para a frente em um gesto de balé, largando os braços em volta do corpo de Pedro. Um abraço sem força para não o quebrar.

— Nunca mais faz isso. Promete? — disse Rita, enquanto uma lágrima se agarrava ao cílio.

Pedro não acreditava em promessas e não arriscava afirmar algo em que não acreditava. Como quem não acredita em fantasmas, mas morre de medo de encontrar com um.

Antes que ele tivesse chance de completar o abraço, ela o afastou e passou a mão sobre o olho.

— Nunca mais faço o quê? — perguntou Pedro.

Rita fez surgir um maço de cigarros e um isqueiro de algum lugar do corpo ou do vestido, um gesto tão rápido quanto bonito. Subiu a persiana, abriu o vidro e ficou de frente para Pedro, que estava próximo da cama. Ela, então, encostou um pé na parede deixando um dos chinelos vazio, e tragou sem pressa. Havia uma única nuvem cobrindo todo o céu. A luz vinda de fora batia nas costas dela, que era apenas uma sombra largando fumaça. Uma fotografia que Pedro guardaria na carteira se pudesse.

— Você não se lembra de nada, né?

— Lembro até uma parte. E a parte que eu lembro parece não ser verdade.

— Já vi você alegrinho, mas daquele jeito, meu Deus! Quem diria. Fiquei preocupada, não combina com você.

— Ajudaria muito se você contasse o que aconteceu. Como cheguei aqui?

— O Fernando me ligou no meio da madrugada e falou que você estava bêbado na festa da Marla, dizendo que precisava falar comigo e que não iria embora enquanto eu não aparecesse. Ele disse que você estava convencido de que me viu na festa. — Ela gargalhou de maneira exagerada.

— E você estava?

— Não. Mas eu estava na rua, então tudo bem. E foi melhor ter ido. Você tava tão frágil, parecia uma criança. Não estava só bêbado, sabe? Dava pra sentir uma energia opaca. Achei melhor trazer você pra cá — explicou Rita. — Lembra o que você disse assim que chegamos aqui?

— Não, não me lembro de nada, e tô com medo de lembrar.

— Cheguei na festa, você pegou nas minhas mãos, levou na sua boca, deu um longo cheiro e falou que a gente precisava conversar. No carro, você ligou o rádio e ficou em silêncio por todo o caminho. De vez em quando você me olhava dirigindo, depois olhava de novo pra frente. Quando a gente chegou, você disse… É sério que você não lembra?

— Não lembro, fala. O que eu disse?

— Você disse: "Eu te amo. Eu te amo muito. Precisamos terminar".

Rita soltou a fumaça para fora do apartamento. Era um dia quente, mas sem a presença do sol, abafado pelo silêncio de um feriado sem qualquer sentido. Um pássaro que havia pousado sobre o fio elétrico olhava de um lado para o outro. Pedro sentou-se na ponta da cama.

— Você tem certeza de que eu disse isso?

— Tenho, claro que tenho. Pra que vou inventar uma coisa dessas? Você disse e, mesmo que estivesse bêbado, tinha sinceridade no seu corpo todinho. Choramos tanto na hora.

— Choramos?

— Claro, Pê. Choramos, pois é triste demais. É uma pena tudo isso. Até o jeito mais bonito é o jeito mais triste, sabe? Mas senti que você precisava dessa conversa, aí ontem ficou corajoso. — Ela soltava as palavras sorrindo, o que parecia proteger os dois.

— Não faz sentido, o que eu mais quis nos últimos dias era ter você de volta, era ter chegado em casa e encontrado você. Isso é bobagem, coisa de bêbado.

— Então, faz assim: finge que você chegou de Portugal e me encontrou no apartamento. O que você diria?

— É diferente. Não faz isso.

— Diferente? Mas faz só cinco dias que você voltou. O que você diria? Não era isso que a gente ia fazer? Não era isso que...

— Eu ia terminar.

Ela se moveu para a frente devagar, amassou o cigarro no cinzeiro, sentou-se ao seu lado na cama e inclinou a cabeça até tocá-lo no ombro, esperando que ele continuasse.

— Eu ia terminar... mas era por você. Por saber que você queria e não teve coragem de fazer isso sozinha. — Puxou a tristeza pelo nariz. — Nunca deixei de te amar.

— Fazer por mim é também fazer por você. Não dá pra carregar tudo sozinho, muito menos um amor.

— Você não faz ideia de como foi ver aquele apartamento vazio. Depois, li os seus livros e vi você com aquele cara. Foi muita coisa ao mesmo tempo, eu não estava preparado. Tô carregando algo que é oco, mas, ao mesmo tempo, pesa uma tonelada.

— Meus livros? Que cara?

Pedro levantou-se e a cabeça de Rita perdeu o apoio. Ele foi até a janela e colocou meio corpo para fora. Um vento bateu nos seus olhos e ele passou a mão entre eles. Uma moto buzinou no portão da casa vizinha, depois um telefone tocou. Ele reconheceu as velhas antenas de rádio que despontavam ao norte, entre os prédios da avenida Paulista.

— Você esqueceu uma caixa cheia de livros no apartamento. Eu comecei a ler as suas marcações e tudo se encaixava, era como se eu estivesse lendo o que você queria ter me dito nos últimos meses e não teve coragem. Me senti um idiota.

— Mas, Pedro, eu sempre marquei o que acho bonito, nunca foi pensando em você. Talvez você tenha se projetado nas coisas que leu, são sentimentos seus. Não consigo nem imaginar. Se fiz, foi totalmente inconsciente.

— Aqueles livros estavam falando comigo, tenho certeza disso. Até me convenci de que você deixou lá de propósito. Depois de encontrar você com esse cara, resolvi ler tudo. E fiquei pensando sobre quantas vezes na vida me senti daquele jeito. Acho que, além da morte do meu pai, foi a única vez que chorei.

— Meu Deus, que cara é esse?

— É uma longa história, mas vi você na Paulista, naquela passeata. E, antes de conseguir pensar se deveria ou não falar com você, apareceu um cara e te abraçou.

— Eu tô chocada. Se você me contasse isso ontem, não iria acreditar. O que você foi fazer lá? Esse cara é um amigo, não tem nada a ver. Você nunca foi de ter ciúme.

— Não foi ciúme, não foi por causa do cara. Sei lá, foi como se eu soubesse, naquele instante, que tinha perdido você. Eu já vi você apaixonada, lembro como você sorria pra mim… e você sorriu exatamente da mesma maneira pra ele.

Ela acendeu outro cigarro e coçou a cabeça. Depois o encarou como se fosse a primeira vez que o via. Ele notou um fio de tristeza nela, algo que era difícil de presenciar.

— Você me conhece tanto que é bem capaz que esteja certo, eu realmente tô apaixonada. Mas ele namora. E é assim, não é? Um gosta de um, que gosta de outro, que já tem um, mas pensa em outro. Quando acontece o encontro, o mundo faz uma pausa nessa busca injusta. Eu quero muito ficar sozinha, muito. Assim como também queria quando você apareceu.

O pássaro voou do fio elétrico e outro tomou o seu lugar. O ventilador emitia o som do calor e invadia os pensamentos que passeavam pelo pequeno quarto. Pedro olhava para os próprios pés, como se lá estivessem as palavras certas, enquanto Rita assoprava a fumaça na sua direção, esperando que ele fosse tocado. De repente, ele caminhou na direção dela, sem saber exatamente o que dizer.

— Desculpa por tudo. Desculpa pelos travesseiros, que, aliás, ficaram lindos aqui. Desculpa por ontem. Desculpa pelo e-mail e por ter dito ou feito qualquer coisa. Eu só tô perdido. — Ele fez uma pausa e novamente olhou para os pés. — Sabe aquela crônica do Paulo Mendes Campos, "O amor acaba"?

— Claro, eu amo demais esse livro. Você leu?

— Fiquei tentando imaginar quando foi o nosso momento, sabe? Em qual instante o seu amor por mim acabou, fiquei tentando encontrar esse lugar na nossa vida.

— Tem respostas que buscamos que só podem resultar em tristeza, igual a um marido que contrata um detetive para saber se está sendo traído. Se não está sendo traído, ele gastou dinheiro para não descobrir nada. Se estiver sendo traído, vai chorar e ainda vai pagar por isso.

— Achei um péssimo exemplo, mas acho que entendi.

Rita sorriu com os lábios fechados, caminhou com os olhos pelo corpo de Pedro, levantou-se e disse:

— Vem cá.

Ela ficou de braços abertos aguardando. Pedro deu três passos até pousar no colo dela e respirou buscando mais cheiro do que ar. As mãos dela faziam movimentos circulares, como se escrevessem mensagens nas suas costas. Ele sentiu que gostaria de ficar ali para sempre, ao mesmo tempo que arriscaria dizer que aquele momento não aconteceria de novo. Ela parecia protegê-lo de algo, mas se o corpo dela fosse atravessado, talvez carregasse mais medo do que o de Pedro. Se não fossem as suas férias, que logo terminariam; se ela não tivesse combinado de ver os pais naquele dia; se ele não tivesse que tomar um banho e desmaiar na cama; se não houvesse sábado nem domingo, ficariam ali, abraçados, até que o céu os buscasse.

✳ ✳ ✳

Pedro encontrou a camiseta, mas nenhum sinal da carteira e do celular. Rita contou que ele chegara sem os dois e que não demonstrara qualquer preocupação.

Durante o que parecia ser o último abraço, ela o beijou. Ele perguntou por que ela havia feito aquilo e Rita respondeu como se a vida fosse simples:

— Porque você é bonito demais.

Estavam na porta ensaiando o adeus. Muitos dos pedidos entre os dois diziam para tomar cuidado. Só não diziam cuidado com o quê. Com a vida, acredito eu; com o amor. Ele alongava a despedida para compartilhar o tempo com ela um pouco mais. Se apertavam um contra o outro como se fosse a primeira vez.

Quando ele pisou no pequeno hall do prédio, ela perguntou:

— Você leu inteira aquela crônica? Aquela que você falou, "O amor acaba".

— Não, não deu. Quando cheguei nela já tinha apanhado demais. Fui até onde consegui.

— Então lê.

— Você vai buscar a Hilda?

— Não. Acho que, agora, você precisa dela mais do que eu.

Pedro passou os dedos no rosto dela, que abaixou a cabeça. Depois, sem pressa, Rita foi subindo o queixo e os olhos se encontraram. Uma lágrima solitária correu pela bochecha de Pedro. Rita a limpou com as costas da mão antes que chegasse à boca.

— Vai ficar tudo bem. Chorar é se desfazer da tristeza. Ninguém coloca um copo embaixo do rosto para guardar as lágrimas. É só limpeza.

— Você é incrível, mas, meu Deus, como é difícil.

— É pra mim também. Só sei fingir melhor do que você.

Pedro, então, virou de costas, desceu as escadas, olhou para trás e foi embora. O amor se foi após sete degraus e alguns poucos segundos; não daria tempo de abrir um Sonho de Valsa, trocar um disco ou esperar o sinal ficar verde. O amor se foi do jeito que chegou, sem pedir permissão; abriu a porta, desceu sete degraus, olhou para trás e se foi; não daria tempo de arrumar a cama, escrever um e-mail ou recusar um beijo.

✭ ✭ ✭

Saiu do pequeno prédio e encarou a fachada. Talvez esperasse que Rita estivesse em alguma das varandas para se despedir, mas ela não apareceu. Espiou as duas pontas da rua, colocou as mãos no bolso, chutou uma pedra e começou a caminhar.

Tentava espantar a neblina dos pensamentos. A ideia de que a memória havia desaparecido não o agradava. De vez em quando uma imagem ficava clara, mas parecia tão surreal que ele a jogava para o departamento dos sonhos. Lembrou-se do tênis que havia perseguido. Ou foi o tênis que o perseguiu? Lembrou-se da dança, mas ele jamais dançaria. Lembrou-se de pinturas e de uma felicidade estranha, mas depois do medo. Lembrou-se do medo. E novamente do tênis. Tentava recordar-se das pernas da dona, e da cintura, dos ombros, do nariz e da voz. Sentiu vergonha por uma conversa que nem sabe se teve. Os bolsos vazios o preocuparam de novo, mas a vida somente se resolveria em casa, após um banho gelado. Andava e andava, e as ideias o faziam suar. Pensou em como Rita estava bonita simplesmente por estar igual a como sempre está. Pensou nas palavras curtas que disse para ela, e como nunca conseguia dizer tudo, por mais que ensaiasse um milhão de vezes. Sentiu que ela estava bem e sentiu-se bem pelo simples fato daquele término não ter sido uma briga. Depois, desejou uma briga, uma briga que ajudaria a descer as escadas. Estava tão distante de si que não notou quando desviou das pessoas e atravessou as ruas. Não notou as buzinas. Não notou que andou quarenta minutos até me ver sentado na porta do seu prédio.

Eu estava encostado em um quadrado de cimento feito da maneira mais tenebrosa possível para proteger uma árvore. Fiquei de pé e o aguardei. A cara de dúvida e de medo dele eram muito parecidas e, por isso, não entendi como ele se sentiu, mas logo levantei a carteira para o alto e balancei. Ele estranhou de maneira aliviada.

— Você não é o...

— Acho que isso aqui é seu.

— Nem acredito, obrigado, Poeta! Achei que você não fosse de verdade. Contei pra você onde eu moro? Como achou as minhas coisas? Vou te recompensar por isso, juro.

Antes de me deixar responder, ele abriu a carteira vazia na minha frente. Apenas sinalizei que não era preciso. Expliquei que ele deixara cair a carteira e o celular na varanda na hora em que os amigos apareceram e que, nessa manhã, quando Fernando ligou querendo saber como ele estava, atendi, contei que os objetos estavam comigo e pedi o endereço para devolver. Apesar de eu explicar tudo com detalhes, Pedro ainda duvidava, como se fosse parte de um sonho sem fim.

— Você melhorou?

— Sim, a bebedeira passou. Quer dizer, encontrar você está me fazendo duvidar.

— Não. Quero saber se o *Pedro* está melhor. Suas ideias e sentimentos. Sua alma e seus desejos. Como está o mundo dentro de você? Pois, ontem, havia um medo faiscando na sua pele, um medo que você evitava a todo custo.

— Nunca sei responder se estou bem. Mas sinto um brilhozinho lá no fundo, misturado com uma porção de coisas.

— Ah, falando em brilhozinho, a moça da varanda pediu pra te entregar. — Retirei do bolso da camisa um papel dobrado. — Ela perguntou se éramos amigos. E, claro, eu disse que sim. Ela falou que achou lindos os seus olhos puxados. Mas você não tem olhos puxados. Tem?

Pedro pegou o papel e sorriu, enquanto o colocava no bolso direito da calça. Depois bateu duas vezes no meu ombro, dizendo um obrigado para cada batida.

— Preciso urgente tomar um banho, desculpa a minha pressa. Não sei como te agradecer, Poeta. Obrigado pelo papo de ontem, pela carteira, pelo celular... e pelo bilhete.

— Você vai ligar pra ela?

Ele não respondeu e ainda me encarava como se conversasse com uma miragem, agindo como um louco que falava com um anjo. Abriu o portão e agradeceu uma última vez. Ainda deu tempo de vê-lo cumprimentando o zelador.

★★★

Pedro encaixou a chave na fechadura e passou os dedos na fita verde. Retirou a chave, antes mesmo de destrancar a porta, e cheirou a fita. Sentiu apenas o cheiro de um tecido antigo. Encaixou a chave novamente e entrou.

Hilda estava no meio do corredor, miando como se o esperasse havia meses. Ele colocou os pés para dentro, e ela continuou miando até ele entrar na cozinha. Primeiro, pegou uma garrafa de água na geladeira; depois, encontrou a gata em frente aos seus potinhos de metal. Serviu água a ela e sentou-se no chão, ao seu lado, segurando a garrafa. Ficou observando a pequena língua que, ligeira, levava a água à boca e como os bigodes dela ficavam molhados. Ele também bebia, virando a garrafa aos poucos, e ficou ali até que os dois terminassem. Encheu o regador para molhar as plantas, esvaziou os bolsos em cima da fruteira, onde ainda estava a carta de Rita, e foi se despindo para a sala. Molhou as plantas, as roupas já todas jogadas pelo chão. Ainda pelado, procurou por uma fita adesiva, que encontrou em uma gaveta de ferramentas. Juntou todos os livros de Rita e os devolveu para a caixa de maneira organizada, com os maiores embaixo para fortalecer a base e os pequenos em cima, encaixados feito tijolos. Restou de fora *O amor acaba*. Abriu na página vinte e três e andou com os dedos sobre as letras até onde havia parado. Posicionou-se de pé, no centro da sala, feito um ator que ensaiava para uma peça. O seu público era a gata, as plantas e os vizinhos.

> [...] Às vezes o amor acaba como se fora melhor nunca ter existido; mas pode acabar com doçura e esperança; uma palavra, muda ou articulada, e acaba o amor; na verdade; no álcool; de manhã, de tarde, de noite; na floração excessiva da primavera; no abuso do verão; na dissonância do outono; no conforto do inverno; em todos os lugares o amor acaba; a qualquer hora o amor acaba; por qualquer motivo o amor acaba; para recomeçar em todos os lugares e a qualquer minuto o amor acaba.

Sorriu de leve, fechou o livro e o colocou dentro da caixa. Esticou a fita adesiva, percorreu o meio do papelão e cortou as pontas com os dentes. Repetiu o processo fazendo uma cruz com a fita. Depois de lacrada, arrastou a caixa para debaixo da cama.

dia 8

tênis
velhos
também
aprendem
novos
caminhos.

Sábado

Deixara o quadro e a garrafa nas escadas do prédio, ao lado da lata de lixo, no primeiro movimento da manhã. Não soube o que fazer com a televisão, mantendo a caixa no lugar em que fora entregue. Hilda esticava-se na ponta dela, onde o sol tocava antes de alcançar as plantas, que camuflavam uma tristeza escorrendo pelas paredes. O vazio sentido na chegada de Portugal ainda soprava pelos cômodos, um vazio com nome e sobrenome. Pouco parecia ter mudado desde aquele dia. Apenas o cheiro de lavanda havia sumido.

Ora, mas era isso mesmo, pouco havia mudado. Quer dizer, pouco havia mudado da maneira como ele gostaria, assim, de fora para dentro. Nunca é de fora para dentro.

Mas o choro, o abraço da mãe, a dança com os amigos, os livros lidos, a conversa que tivemos, ele e eu... Tudo era resultado de uma mudança maior. Era a vida acontecendo.

O amor vem depois.

Após uma longa faxina iniciada no fim da madrugada, ele se deitou no sofá e ficou arremessando no teto uma bola de tecido, brinquedo da gata, que ela nunca se deu ao trabalho de usar. Jogava a bola para o alto, esperando que ela retornasse para a sua mão, enquanto a cabeça inquieta mantinha-se atenta às perturbações: o amor, então, acaba? Pois ele viu, nos olhos de Rita, que não havia o que fazer. O amor escapara em algum momento que ele não conseguia identificar. E deve ter acontecido muito antes da festa ou da viagem, muito antes de algo que ele nem imagina o que seja.

Um amor bonito e imperfeito, que nunca acaba para os dois ao mesmo tempo, deixando alguém para lidar com um sentimento incompleto, pronto para ganhar outra forma: a saudade, o medo, a liberdade e o recomeço também moram no fim do amor.

O sentimento, que nele permaneceu, se transformou em descrença. Entendeu o amor como o antônimo da eternidade. Conectou-se de tal maneira ao fim da relação que não percebia que o importante havia sido o caminho.

Às vezes, somos o trem, noutras, estação.

Eu queria ter dito isso a Pedro quando nos encontramos na festa.

Porém, na época, ele não teria dado atenção. Estava cansado. Experimentara sentimentos demais em um espaço de tempo que sempre parece tão curto, principalmente enquanto somos jovens.

Em um momento de distração, a bola vacilou e o atingiu no rosto. O impacto fez Hilda levantar as orelhas. Os dois piscaram ao mesmo tempo. Então, Pedro bateu a mão no peito, chamando-a para o colo, sem a esperança de que ela viria. A gata espreguiçou-se, analisou o chão e saltou como se o piso fosse de borracha. Depois, andou até a ponta do sofá e pulou em cima dele, que afundou a mão dentro dos pelos, deslizando os dedos. Tudo sem pressa, como se a vida não fosse para lugar algum. Pedro nunca havia feito carinho na gata, privilégio concedido, até então, apenas a Rita.

Na paz que pousou sobre o sofá, surgiu uma inebriada lembrança de um encontro na varanda, quando o coração serpenteou exatamente como no dia em que conheceu Rita.

Ele jamais admitiria isso.

Não entendia que ser um apaixonado era uma condição da alma dele. E deveria ser ele o responsável por direcionar o sentimento para outro lugar. O amor, que não acaba, pode encontrar outra casa para se abrigar. Às vezes, a casa é o próprio coração partido. Em outras, uma cerveja com os amigos. E, quase sempre, é uma estrela que fica além de nós.

Como a mãe o alertou, antes de tudo, é preciso estar livre.

Pedro foi, então, para a cozinha com a gata no colo, desajeitada, aparentando nunca ter sido carregada. Sentou-se na mesa e deixou Hilda sobre as pernas, mantendo o carinho. Observou a carta, a chave, a carteira e o bilhete – objetos com significados maiores do que suas funções.

Primeiro abriu a carta de Rita, pulando sem paraquedas. Para sua surpresa, o sentimento durante a leitura foi diferente do que da primeira vez. Era uma tristeza compreendida, sabia que estava lendo o passado. E, mesmo que procurasse, não encontraria qualquer esperança entre as linhas. No fim, dobrou a carta diversas vezes, reduzindo-a a um pequeno quadrado. Hilda miou. Ele entendeu como uma aprovação.

Retirou o bilhete da mesa e girou entre os dedos. Estava com Rita em uma das mãos e, na outra, Maria, ou Marta – as letras, em finas linhas azuis, aparentavam pressa. Do seu medo brotou a coragem. *Isso aqui é um três ou um cinco?*

E mandou a mensagem:

> Você vai achar estranho uma mensagem a essa hora da manhã. Quer dizer, você vai achar estranho um desconhecido mandando uma mensagem a essa hora da manhã. Mas eu precisava conferir se você existe, e se realmente a gente se conheceu numa festa.

> Ei! Você corre?

    O Sol ainda se ajeitava sob o céu, e ele não esperava que uma resposta viesse, muito menos assim, rápida e com uma pergunta sem qualquer sentido. Estava preparado apenas para enviar a mensagem e esquecer o celular, tentando pensar em qualquer outra coisa durante o resto do dia, fingindo que a ansiedade não o comeria pelas beiradas.

> Se eu corro?

> É, se você corre, tipo, na rua. Você mora onde?

Moro em Pinheiros.

> Ó, pertinho. Tô indo correr. Vou sair da praça Coronel Pires. Topa?

Agora? Sério?

> Agora! Resolvi começar a correr hoje e gosto de começar tudo aos sábados. Eu sei, diferente de todo mundo, que sempre começa às segundas, mas é o meu jeito de pegar o universo despercebido no fim de semana. A praça é na frente de casa, te espero por dez minutos.

Na praça?

> Sim, na praça. Até mais!

Sem ter certeza do que estava acontecendo, foi buscar no armário alguma roupa parecida com as usadas por aqueles seres que correm pelas ruas, em qualquer horário, em qualquer lugar, em uma solidão apressada e incompreendida por Pedro.

Olhou no espelho, escovou os dentes, molhou o rosto e voou descendo as escadas, pois não havia tempo para aguardar o elevador. A praça devia estar a um quilômetro de distância, perto demais para um táxi e longe para chegar em dez minutos.

Ele abriu a porta de acesso ao hall como quem salvaria o mundo. Não esperava ser desacelerado por uma voz cautelosa, em um tom que mora na garganta dos avós:

— Senhor Pedro...

O zelador e seus cabelos brancos estavam a um braço de distância, tentando tocá-lo no ombro, quase que o impedindo de prosseguir.

— Desculpa insistir na pergunta, mas o senhor está mesmo bem?

Pedro foi tocado pela sincera preocupação de alguém que nada tinha a ver com a sua vida, perguntando somente por ser insuportável assistir à queda de outro alguém. Seu tempo perdeu o valor e o corpo esfriou, parando por completo.

— Foram dias difíceis, mas estou melhor, obrigado por perguntar — respondeu também o tocando no ombro, o que os deixou conectados por um instante. — Sabe a tevê que vocês subiram no apartamento ontem?

— Sei, sim, senhor.

— Você aceitaria?

— Como é?

— Não combinou com a casa. É grande demais para um cara sozinho.

— Eu não posso aceitar.

— Pois me faria muito bem se você aceitasse.

— Se é assim...

— Hoje, assim que eu voltar, te ajudo a trazer pra baixo. Só quero ficar com a caixa.

— Com a caixa?

— Sim, com a caixa. Nos falamos depois, preciso ir.

— Muito obrigado, a minha mulher vai ficar doida, o que posso fazer para retribuir?

— Você já fez, você já fez! — gritou Pedro partindo pelo portão.

Quebrava o vento em uma corrida desengonçada. Braços e pernas apressados, mas sem juízo algum. Se alguém o parasse naquele instante e perguntasse para onde estava indo, não teria uma resposta. Não sabia nada sobre a garota. Também não sabia nada sobre correr. Mas corria. Algo nas confusões persistentes que existiam nele o implorava para que continuasse. Naquela fuga. Naquela busca.

Seguia desenfreado por ruas desocupadas por paulistanos que não perdem uma praia em um feriado prolongado, apaixonados por trânsito e calor. Na terceira esquina foi interrompido pelo sinal vermelho. O carro que iria atravessar sentiu a pressa de longe, buzinou duas vezes e acenou com a mão, como quem dizia: "Vai, Pedro, não demore!".

E ele foi.

Atravessou quarteirões naquela corrida sem lógica, impossível de ser concretizada a tempo. Ele não calculou e muito menos hesitou. Apenas não queria perder.

Não quero perder o quê?

Parava, colocava as mãos no joelho, respirava e continuava.

As poucas pessoas que o viram correndo imaginavam que estava indo ao encontro de algo importante. Dava para notar no atabalhoar, na vontade e no desespero do garoto. Um jovem na velocidade do desejo, olhando somente adiante, seguindo ao encontro de alguém.

Ao encontro de quem?

E, aos poucos, as dúvidas o invadiram.

E se ela não for como eu imagino? E se foi tudo um sonho mal-acabado, responsável por uma ressaca devastadora? Vou correr para onde depois?

Entre a rapidez do pensamento e o equilíbrio das pernas, surgiu o tropeço.

Rolou por um quarteirão inteiro. O corpo ficou ralado feito o de uma criança, sentindo o arder dos joelhos e dos cotovelos. Estirado no chão, com as costas na calçada, parecia uma estrela-do-mar perdida no concreto. Em cima dele, um céu azul daqueles que pintamos na escola, com nuvens branquinhas, Sol gargalhando e três pássaros pretos voando em círculos, sentindo o cheiro do mais perdido dos homens. Voavam leves e pacientes, enquanto Pedro os aguardava, entregue.

Os dez minutos foram perdidos e não seriam recuperados.

Aceitou o tropeço como um ato de sorte, impedindo-o de cometer mais uma de tantas bobagens. A desistência já o tomava por completo, quando uma mão enorme cruzou o céu, pertencente a alguém embolado em panos, escondendo-se de um mundo que parece não ser bom para todos. Pedro ergueu o braço, segurou a pele grossa e impulsionou o tronco para cima. O mendigo sorriu e seguiu com o saco de lixo nas costas. Sem encontrar o que dizer, Pedro somente o observou indo embora, assim, para lugar nenhum.

✱✱✱

A praça era recheada de paus-ferros, cambucizeiros, cerejas-do-mato e algumas árvores não batizadas, tão antigas quanto as pedras colocadas sobre as raízes. No centro, uma clareira de grama cortada, na qual um cachorro solitário carregava um graveto. Maritacas discutiam por todos os lados, fingindo morar na floresta. O som alegre de crianças brincando destacava-se ao fundo. Embaixo das árvores, bancos de concreto mal pintados. Um deles ocupado por um casal de velhinhos e o outro por mim, com um livro aberto diante do rosto.

Pedro andava sem qualquer esperança de que ela ainda estivesse por lá. Adentrou a praça e se aproximou do centro da clareira, onde pairava a estátua de um homem que apontava com o braço para o céu, com roupas militares, e que provavelmente não merecia estar ali. Ele namorou a estátua dando uma volta completa por ela, passando os dedos na ferrugem. Do outro lado, uma imagem ganhou os seus olhos: um ipê-roxo reinando sobre o bairro, fazendo com que a estátua parecesse um pequeno soldado guardião.

Aos pés do ipê, estava ela encarando a árvore como se estivesse em um museu, com as mãos cruzadas nas costas e os olhos brilhando. Ela usava uma regata branca sobre um top preto, deixando um milhão de pintas à mostra. O cabelo estava preso no topo da cabeça, e o tênis seguia do mesmo modo que Pedro vira na primeira vez: desamarrado, dizendo para o mundo que não se importava.

Eu, o Poeta que conta esta história, gostaria de poder transmitir o que aconteceu dentro dele ao encontrá-la. Era uma felicidade tão grande que o medo fez questão de também marcar presença. Ele tremia.

Pedro se aproximou, enquanto ela também olhava para ele, mas de um jeito disfarçado, sobre o ombro, tentando esconder que gostaria de vê-lo. Ficaram lado a lado, de frente para a árvore. A distância das costas de ambas as mãos era de, no máximo, dois dedos, e apenas a energia dos dois se tocava.

— É lindo, não é? Ele está sempre assim, cheio, mesmo fora de estação. Geralmente, o ipê-roxo é o primeiro a florir. Os amarelos florescem em agosto e, logo depois, começam os brancos, que lembram árvores de algodão.

No momento exato em que ela disse "árvores de algodão", ele notou que não gostaria de estar em nenhum outro lugar do mundo. Não pensou em Rita, no quadro, no passado. Não pensou no trabalho ou no futuro. A mente esvaziou-se naquele segundo, como se descansasse de tudo, e o amor pudesse florescer apenas no amanhã.

— Sim, é lindo — ele respondeu.

os autores

bruno fontes
zack magiezi

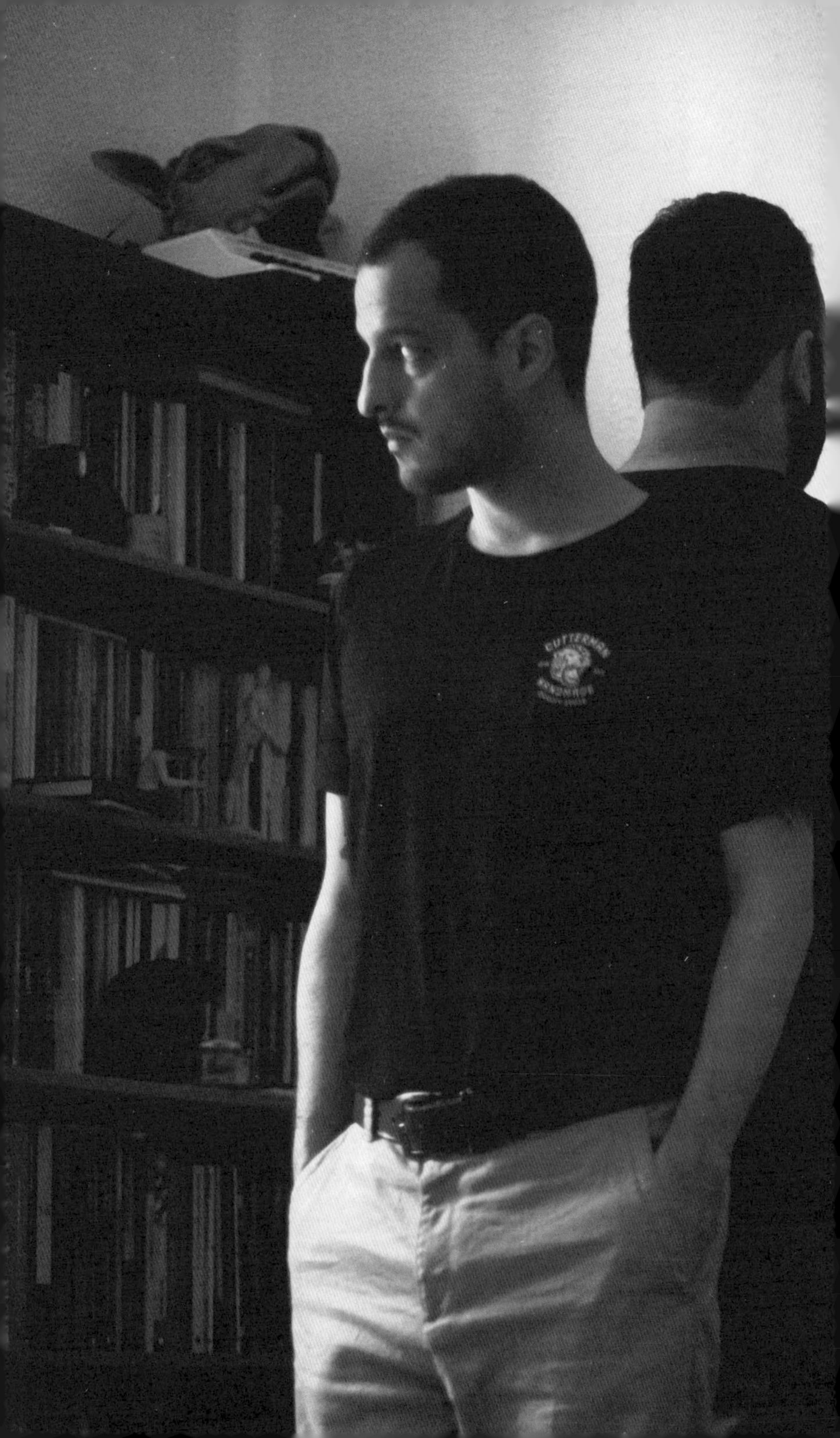

existência
é uma incógnita
o que seremos
AMANHÃ?

MCWA

Zack por Bruno

Conheci o Zack no lançamento de um livro. O segundo encontro foi num Sarau, e o terceiro no bar, os prováveis lugares onde se encontra um poeta. E ele é isso, poeta, vinte e quatro horas por dia, também aos sábados e domingos. Sempre falando sobre livros, sempre dizendo: "Leve esse aqui, é a sua cara". Foi ele que, após eu contar sobre a minha idolatria a Raymond Carver, me perguntou: "Você conhece a poesia dele?". Não conhecia. E o livro logo voou sobre o meu colo. Hoje, o meu favorito. Entre trocas de livros e confissões de velhos amores, nasceu uma amizade, que de maneira inevitável transformou-se neste projeto, criado em tempos de quarentena, em que nossos encontros, semanais e on-line, passaram a ser um sopro de alívio em tempos tão confusos. Foi uma honra dividir o livro com esse grande poeta, com esse grande amigo.

Bruno por Zack

Bruno é uma espécie de dia especial, um acontecimento, não sei bem se isso é algo que pode ser atribuído a uma pessoa, mas é isso, e toda vez que encontrei o Bruno, quase sempre nas calçadas de algum bar pelas ruas de São Paulo, foi um dia marcante, pois estar com o Bruno é um lembrete sobre estar vivo, sobre aproveitar o último gole, é uma espécie de lembrete sobre como os encontros são importantes, confissões amorosas, deixar o coração desprotegido para ser facilmente atravessado e recolher o que restou dele, continuar, continuar vivo, continuar vivendo mil histórias de amor em algumas horas, depois ele some no meio da noite, e a gente fica se perguntando se tudo foi um delírio e sorri.

Referências bibliográficas

ABREU, C. F. *Morangos mofados*. São Paulo: Saraiva de Bolso, 2013.

CAMPILHO, M. *Jóquei*. 2. ed. São Paulo: Editora 34, 2015.

CAMPOS, P. M. *O amor acaba*. São Paulo: Companhia das Letras, 2013.

CAVALCANTI, R. *Poemas presos*. São Paulo: Editora WI, 2019.

LEÃO, R. *Tudo nela brilha e queima*. São Paulo: Planeta, 2017.

PEIXOTO, J. L. *Gaveta de papéis*. Lisboa: Quetzal Editores, 2011.

**Acreditamos
nos livros**

Este livro foi composto em Adobe Garamond Pro
e Swear Display e impresso pela Geográfica para a
Editora Planeta do Brasil em abril de 2022.